www.ingramcontent.com/pod-product-compliance
Lightning Source LLC
Chambersburg PA
CBHW020843020726
47497CB00005B/1226
* 9 7 8 1 7 3 8 2 8 5 5 3 2 *

فیل‌ها به جلگه رسیدند

کاوه اویسی

نشر آسمانا، تورنتو، کانادا

۱۴۰۲/۲۰۲۴

فیل‌ها به جلگه رسیدند

نویسنده: کاوه اویسی

ناشر: آسمانا، تورنتو، کانادا

طرح جلد: محمد قائمی

صفحه‌آرا: ایلیا اشرف

نوبت چاپ: اول، ۱۴۰۲/۲۰۲۴

شماره آی‌اس‌بی‌ان: ۹۷۸۱۷۳۸۲۸۵۵۳۲

آسمانا

فیل‌ها به جلگه رسیدند

(رمان)

کاوه اویسی

فهرست فصل‌ها

مزدك با من.. ۹

چرا دوچرخه من دست کیوانه؟.......................... ۲۹

یازده سپتامبر... ۴۳

فردین می‌رقصید... ۷۵

هایده... ۱۰۷

عکاس‌باشی چِلاند....................................... ۱۳۵

کالباس خان.. ۱۶۱

بنز یشمی از ولتاوآ عبور کرد........................... ۱۸۳

کیفیت آینه.. ۲۱۷

آخرین سنگ.. ۲۳۷

دختر ارمنی.. ۲۶۹

لیست اسامی اشخاص رمان............................ ۳۰۹

یك

مزدك با من

مسجد كه تمام شد رفتیم خانه‌ی رعنا. تابلوی سیاه را گذاشته بودند بالای سر ریحانه. با محمودخان تخته بازی كردیم. بالای اتاق قالی انداخته بود و پشتی و پتوهای مرغوب. باهار خواب. سینی مسی همیشه همانجا بود. آنوسط. رعنا سرش را كرد تو

محمودخان گفت كباب‌ها رو گرم كن

رعنا رفت.

كور كور آمد. اول شش در را بستم بعد آمدم جلو. جفت شش آورد. شش در را بسته بودم. رعنا به محمودخان نگفته. دو مهره را برد ته.

محمودخان ذغال را فوت كرد گذاشت لب سوراخ. نفس را كه می‌داد تو لُپ هاش باد می‌كرد همیشه. با بابا می‌نشستند همینجا همین جایی كه حالا من نشستم. محمودخان لپ‌هاش را باد می‌كرد و چشم از دهان بابا برنمی‌داشت. بابا غزل می‌خواند از بَحر، محمودخان كیف می‌كرد.

قابلمه را برده بود داده بود به آیدا *مهمونای شمان*

سر راه نگه داشت چند کیلو تامسون خرید *از بعد عید تا گیلاس خرداد میوه‌ای نیست دیگه!*

آلوچه هست

ترشه رعنا جان.

رعنا به محمودخان نگفته.

تخته بزنیم و تامسون.

بعدِ کباب رفتیم توی تراس. ذغال‌ها را چید روی هم الکل ریخت *اینو رفیقِ مستاجرم خودش آورده.*

ریحانه گفت *می‌دونم کی طلاها رو برداشته.* هر بار که می‌گفت همه زن بودن به من نگاه می‌کرد.

رعنا چای آورد.

زیاد نکشی عمه

نمی‌کشم *که هیچ وقت!*

می‌گفتید شهرامم بیاد.

محمودخان دودها را داد بیرون *عزادار* نیست مگه؟

چشمکی زد به من. رعنا ندید.

بابا گاهی مثنوی هم می‌خواند شعرها را که تفسیر می‌کرد محمودخان سر ذوق می‌آمد. رعنا می‌نشست گوش می‌داد. مادرم نه. امشب هم مادر نیامد. رعنا تامسون آورد و تنقلات.

بشین

زن داداش تنهاست

هست شبنم.

اوایل جنگ هفته‌ای یکبار می‌رفتیم حمام. آن‌وقتها همه برقان بودیم. از صبح زود بابا آبگرمکن را روشن می‌کرد. نفتِ کوپنی. زن‌ها و بچه‌ها می‌آمدند خانه‌ی ما تا ظهر که نوبت مردها بود. زن‌ها همه با هم می‌رفتند مردها یکی یکی با پسرهای بزرگ‌شان. مهندس با شهرام می‌رفت بابا با مانی محمودخان هیچ. من با زن‌ها. کِیف می‌داد. رعنا ته‌تغاری بود. من همانجا عاشقش شدم. *سینه‌هاش.*

بشین

زن داداش تنهاست

شهرامم می‌گفتین بیاد سر شبه هنوز.

محمودخان زنگ زد به شهرام. نگفت نشستیم ولی صدای دورگه‌ی محمودخان لو داد.

من می‌گفتم عمه رعنا، شهرام رعنا. محمودخان خوشش نمی‌آمد.

خدا رحمت کنه من رعنا رو از مادر تو دارم

سلامت باشید.

ذغال را برداشت نفس عمیقی زد. خواست وافور را پس دهد مِنقاش خورد به قلیان، ذغال افتاد روی پتوها.

مادرم و رعنا و ریحانه و شیوا و آیدا و شبنم و پریسا و من. من آنجا عاشق رعنا شدم.

ریحانه گفت *من خودم اینجا* نشسته بودم *می‌دیدم کی میره کی میاد.* شهرام کانال را عوض کرد. گله‌ی فیل‌ها از غرب صحرای کنیا به سمت شرق صحرای کنیا در حرکت بودند.

بزن فارسی‌وان!

بزن بی‌بی‌سی.

بزن وُآ.

رفتیم خانه ریحانه. تلویزیون روشن بود.

گذاشته بودم تو کشو اولی. زن بوده، اون روز بُردن، اون‌روزکه مَرد نبود.

خانه‌شان را که زده بودند شهرام را فرستاده بود با من حرف بزند. حالا نه که حرف بزند.ظهر زنگ زد گفت ماشینش را داده زنش ببرد ماشین ندارد بروم دنبالش. سازمانی‌های انتهای بابایی. بعد از ماجرای آیدا همه سرسنگین بودیم با هم. چند سال نه رفتی نه آمدی. عمه پایش را که عمل کرد زنگ نزدم دلخور بودم.

ریحانه خیلی گلایه داشت زمین گیر شده.

گفتم خبر *نداشتم تازه فهمیدم.*

خونه رو که دزد زد بعد عمل بود دیگه

خونه شما *رو دزد زده؟*

اینم خبر نداشتی؟

ای بابا چیا بردن؟

روفتن!

رسیدیم. پارک کردم. رفتیم بالا. دِربی بود. همه فامیل. شبنم. پریسا. خانه‌ی سرهنگ بودیم انتهای بابایی. ریحانه بین دو نیمه به شهرام زنگ زد. رفت توی آن اتاق.

عمه گفت *زن بوده مرد نبود که اونروز.*

نفس راحتی کشیدم خیالم دوباره کسی شکش برده به من.

آخوند بد صدایی تلقین را خواند. فاتحه خواندیم. دست کشیدیم به ریش‌هامان. بلوک‌های سیمانی را چیدند خاک ریختند. تابلوی سیاه را گذاشتند بالای سر ریحانه. فاتحه خواندیم دست کشیدیم به صورتمان. آیدا چقدر پیر شده بود. ندیده بودمش.صورتش بوتاکس بود لب‌هاش.

ریحانه گفت خودم *اونجا* نشسته بودم دیدم *کیا رفتن تو اتاق.*

شهرام گفت همه تشریف *بیارید برای ناهار.*

رعنا گفت *پول و جواهر بردن و تابلو فرش و قالی.*

تمام راه برگشت را حرف زد نمی‌گفت به تو شک داریم ولی از حرفهاش معلوم بود. من چیزی نمی‌گفتم سکوت بود بیشتر. تیم‌شان باخته بود پَکر، چیزی می‌گفتم می‌گزید حتمی.

کوبیده و جوجه‌ی ریحانه. فاتحه خواندیم دست کشیدیم به ریش‌هامان. رفتیم مسجد. سیدی بالای منبر. چند نفر چای می‌چرخاندند و قند، دُور تا دُور.

شهرام گفت نمی‌خواد بیایی تو کوچه. پیاده شد سرش را آورد تو بیا به ریحانه سر بزن.

دلخور بودم.

"در فصل باران‌های آفریقایی همه حیوانات خود را به جلگه می‌رسانند" اینها چطور هر سال این‌همه راه رو میان و میرن؟

ریحانه رفت آشپزخانه، هنوز لَنگ نمی‌زد. کپل‌های بزرگی داشت. گرد و برجسته. کپل‌های رعنا هم بزرگ بود نه به بزرگی ریحانه.

آیدا حواسش بود زیر جُلکلی دید می‌زنم. پنج سالم بود. آیدا همیشه با من خوب بود از بچه‌گی از حمام. زل زده بودم به جلگه آفریقا. ریحانه برگشت. چای آورده بود باگز. سه شیر ماده و یک شیر نر دنبال آهویی بودند. عمه گفت دخترِ برادرِ دومادِ مهندس خیلی مورد خوبیه برا مزدک. شیر ماده پرید روی شکار.

شهرام گفت برقان می‌شینن.

مادر گز را باز کرد چایش را برداشت هورت کشید. وقتی کسی از دختری حرف می‌زد که پسندش نبود سکوت می‌کرد. مادرم آیدا را پسند کرده بود برای من.

آیدا گفت بیچاره آهو.

شهرام رفت آشپزخانه. آیدا و ریحانه پشت سرش در را بستند. فیل‌ها به جلگه رسیدند. ریحانه برگشت. فالوده آورده بود و بستنی. شهرام نشست پیش من. بوی سیگار می‌داد. شهرام به مادرم می‌گفت زن دایی بقیه می‌گفتند شهناز جون.

روز خواستگاری محمودخان و رعنا و پریسا هم آمدند. فامیل عروس فامیل داماد.

آیدا به رعنا گفته بود مزدک *دزدیده*.

رعنا پشت تلفن جیغ کشیده بود. مادرم خواستگاری را که گفت ریحانه لب ورچید. شهرام اول گفت نه. مهندس هیچ. محمودخان پا درمیانی کرد. رفتیم. همه گفتند نه.

محمودخان اولین نفری بود که پیکان سفید یخچالی از ایران‌ناسیونال گرفت. با بابا یک هفته قبل بلیط اتوبوس گرفتند برای تهران. رفته بودند سمت میدان آزادی مسافرخانه. عکس‌هاش هست هنوز. نشسته‌اند روی چمن‌ها فیگور گرفته‌اند آزادی در پس زمینه.

همه دارن از این عکس‌ها.

با شبنم و آیدا رفتیم آزادی. نشستیم روی چمن‌ها. دَم غروب کمی خُنک شد.صدای تیر آمد. رعنا زنگ زد. همه رفتیم خانه ما. شهرام و ریحانه هم آمدند.

شهناز جون گفته دیگه هیچ کدوم نمی‌رید.

رعنا زنگ زد. قرار فردا را گذاشته بودند. ریحانه و شهناز جون شام کشیدند. بی بی سی. شب همه ماندند.

مایوهای محمودخان و بابا عین هم بود مامان‌دوز؛راه راه. محمودخان تویوپ سیاه را از گونی می‌کشید بیرون لُپ‌هاش را باد می‌کرد. باد می‌شد. پریسا و شهرام را می‌بردیم با خودمان شبنم و آیدا را نه کوچک بودند. محمودخان تویوپ را می‌انداخت توی آب برای بابا. بعد ما را کول می‌کرد می‌برد. کم کم شنا یاد گرفتیم.

تابستان‌ها از تهران که برمی‌گشتیم برقان یکراست می‌رفتیم خانه باباجان مامان‌جون، یکی دو هفته‌ای مهمان رعنا.

گاهی پریسا همراه ما برمی‌گشت. می‌نشست کنار شیوا. من و مانی کنار هم. شهناز گاهی صندلی تکی گاهی زنی غریبه.

روز اول می‌رفتیم سر خاک بابا. سر خاک باباجان مامان‌جون، مهندس، ریحانه.

بعد از آزادی می‌روند بازار برای خرید پارچه. محمودخان پارچه‌ها را مستقیم می‌فرستاد برقان درِ مغازه. برای پارچه که می‌آمد با اتوبوس، رفت و برگشت دو شب، مسافرخانه. بابا را همراه کرده بود برای پیکان سفید. راه کم نبود تا برقان. دوتایی نشسته بودند.ظهر از تهران زده بودند بیرون فردا عصر رسیدند برقان. شب را مانده بودند مسافرخانه شهری بین راه. به رعنا زنگ زد *رعنا جان!*

اونشب خیلی خُر و پف می‌کردی

خسته بودم *از بس*

من بیشتر از شما رانندگی کردم.

ذغال را چسباند به وافور.

دو خروس سر بریدند خونش را مالیدند به چرخ و نمره *صلوات*

صبح زود بیدار شدم رفتم نان تازه خریدم. شبنم بیدار بود.

کجا؟

نون.

شهناز جون گفت پس *ما هم میایم.* گفتیم *بیاید بهتر.* ریحانه گفت *دیروز چند نفر رو کشتن؟* آیدا گفت *حالا هر چند.* ساعت سه زدیم بیرون. پریسا و سرهنگ هم آمدند. جمع شده بودیم جلوی تلویزیون. می‌گفتند داخل نیرو نیست. چند نفری رفتند سمت در اصلی. چند نفری مانع شدند. احمدی‌نژاد ولیعصر خس و خاشاک را گفت. رفتیم شام خوردیم. مهندس هم آمد.

امروز کسی رو نکشتن؟

ذغال افتاد پتو را سوزاند. شهرام ریش‌هاش سفید شده بود. امروز سر خاک ریحانه حسابی گریه کرد. شوهر آیدا ایستاده بود بالا سرش. قد بلند بود و چهارشانه. اسم پسرشان را گذاشته بودند امیرعلی.

محمودخان ذغال دیگری برداشت فوت کرد.

آیدا به رعنا گفته بود به *تلافیِ خواستگاری*، رعنا هیچ وقت باور نکرد. آغوشش همان بود که بعد از حمام. رعنا حوله را می‌انداخت دُورم با دنبالچه‌اش موهام را خشک می‌کرد. در آغوشم می‌گرفت *قربون بشم پسر رو*. دلش می‌خواست شبنم را بگیرم.

شهرام سر سنگین بود باهام. از روز دربی ندیده بودمش. ذغال را برداشتم گذاشتم کنار سوراخ.

زیاد نکش عمه

نمی‌کشم.

فردا ساعت چند باید بریم سر خاک؟

شهرام گفت یازده.

همه صبحونه رو بیایید اینجا.

تو هم شب بمون شهرام جان

رویا و اشکان تنهان

میاوردیشون

خسته بودن از صبح.

دیر وقتم هست وگرنه می‌رفتیم دنبالشون.

نفس را داد تو. نبات را چرخاندم. رعنا برای من همیشه پر رنگ می‌ریخت. محمودخان تنها که بود فلاسک را می‌گذاشت کنارش. کسی اگر که می‌آمد رعنا چای می‌آورد.

کم سر می‌زنید بخدا.

شبنم اومده یه کم از تنهایی در اومدیم. همه‌ش این کانال اون کانال هیچ!

حرف که می‌زد سبیل‌هاش می‌رقصید. سفید. شهرام نبات را چرخاند. ساکت بود و غمگین. مادرش مُرده بود .

خدا رحمت کنه.

ریحانه می‌شُست مادرم آب می‌کشید رعنا خشک‌مان می‌کرد *قربون بشم پسر رو.*

همیشه اول نوبت من بود. ریحانه کیسه را محکم می‌کشید به زانوها و آرنج. کثیف می‌شدند توی کوچه. بعد لیف می‌کشید. چشم‌هام می‌سوخت. با شامپوی هِندی نمی‌سوخت بوی بادام می‌داد. مهندس گفت *این دیگه بزرگ شده با خودمون بیاد حموم.* آیدا خندید.

اونجا عاشقت شدم روی چمن‌های آزادی گفت.صدای رگبار آمد.صدای تیر.

آیدا و شوهرش رفته بودند تنها هتل برقان. شهرام و زنش خانه پدرزن. رعنا تامسون را پوست گرفت سفیدی‌هاش را کند و چید توی بشقاب شهرام. رعنا تامسون پوست گرفت چید توی بشقاب من. رعنا تامسون پوست گرفت چید بشقاب محمودخان.

شب را مسافرخانه ماندند. پیکان سفید از پنجره دید داشت.

تُن ماهی بخوریم

بریم این کبابی روبرو یه دو سیخ کوبیده بزنیم

شبه سنگینه!

ناهار درست هم نخوردیم

بریم.

خرجی رفت و برگشت با محمودخان بود.

ذغال را فوت کرد گفتم تُن ماهی بخوریم سالمتره گفت کوبیده.

محمودخان گفت اسهال شده. بابا تا مدت‌ها مقصر بود. فردا بقیه راه را بابا نشست.

رعنا نفر آخر می‌آمد بیرون. تابستان‌ها می‌رفتم از بالا دید می‌زدم.

بابا می‌پرسید کجا؟

هیچ جا.

بابا که مُرد خانه را فروختیم آمدیم تهران.ظهرهای جمعه می‌رفتیم خانه مهندس. دو طبقه بود. قدیمی. هر طبقه دو اتاق پشت سر هم. جمعه‌ها عصر با شهرام و آیدا درس می‌خواندیم. آن‌روز شهرام مریض بود نیامد بالا. آیدا رفته بود پایین. من رفتم سر کیف ریحانه پول برداشتم.

توپِ هفت سنگ را دایی از تهران آورده بود. همیشه نفر آخر بَرَم می‌داشتند.

مزدک! می‌دویدم کنار دست کیوان.

سنگ‌ها که می‌ریخت می‌دویدیم. تپل بودم، گاهی فرز اغلب نه. توپ می‌نشست وسط کمرم.

کیوان چهار شهرام پنج.

مهندس ایستاده بود کنار خاور. یا باید می‌رفت بالا یا اثاث می‌آورد. بابا گفت *مهندس شما برو بالا من و محمودخان میاریم می‌دیم دست شما.* ریحانه با همه خداحافظی کرد. همه را بغل کرد بوسید. آیدا من را بوسید. شهرام مانی را بوسید. خاور پر شد. پژو آخوندی پر شد. مهندس کنار دست راننده خاور. بابا نشسته بود پشت فرمان. محموخان شاگرد. ریحانه و آیدا و شهرام عقب. جا بود ببرندم، نبردند. گریه کردم. از تهران بدم آمد. آیدا رفت.

مهندس به ریحانه گفته بود *چرا بهش می‌گین خان؟*

چی بگیم خب!

جفت سه می‌خواست.

جفت سه!

شش و سه آمد. گشاد داد.

با تف می‌سازه این شهرام.

زدم و پر کردم.

ساخت و ساز چطوره شهرام جان؟

گرون شده مصالح

نمی‌صرفه؟

واحدها مونده رو دستمون

ارزون‌تر بده می‌خرن

می‌شه ضرر

با دکتر کار نکردید دیگه!؟

یه حرف‌هایی زدیم.

نفسش را داد تو لپ‌هاش باد شد. سنگ‌ها که می‌ریخت کیوان داد می‌زد *بده‌ش من توپ رو.* فقط کیوان می‌زد.

آخ.

می‌زد توی سر، گاهی کمر. محکم. توپ هفت‌سنگ که پاره شد تابستان بود. کیوان گفت *باید سنگر بسازیم.* شهرام گفت *خونه ته کوچه بهتره.* نیمه‌کاره بود. افتاده بودیم به پیداکردن سیم مفتول برای تیرکمان. محکم می‌ساختیم. اگر پیدا می‌شد با سیم‌های باریک دور پایه‌هاش را هم می‌بافتیم. قرار بود پسرهای کوچه‌ی کناری به ما حمله کنند. جاگیر شده بودیم توی نیمه‌کاره. ما از بالا می‌زدیم آنها از پایین. تیرها از مفتول. یکی دوتا خورده بودم. من بیشتر تیرهای روی زمین را جمع می‌کردم با حامد. یکی از تیرها خورد به ابروی ابراهیم، خون آمد. کیوان فحش داد.

عصر که از بیمارستان آمدند بابای ابراهیم آمد وسط کوچه ایستاد. جلوی همه پدرها. ما روبرویشان. ابراهیم ایستاده بود توی مردها. سرش باد کرده بود. ابرویش باند پیچی. ما تقصیر را انداختیم گردن بچه‌های کوچه کناری. من حرف نزدم. شهرام و کیوان حرف زدند. من پنج سالم بود. شاید هم شش. بابای ابراهیم و مهندس برایمان شاخ و شانه کشیدند. کسی به کیوان کار نداشت. دسته جمعی رفتیم کوچه

کناری. مردها جمع شدند. بچه‌ها جمع شدند. همه برایمان شاخ و شانه کشیدند. *ابروی ابراهیم.*

اگه تیر می‌خورد تو چشمش کور می‌شد.

بابا حرف نزد. یک هفته هیچ کس توی کوچه نمی‌آمد.

پانسمان مسخره.

ریحانه گفت *بزن فارسی وان.*

فیل‌ها آب خوردند.

شهناز گفت *شهرام جان برای مزدک کار سراغ نداری؟*

فیل‌ها به هم آب پاشیدند. زرافه‌ای لب تالاب پاهایش را باز کرد.

بزن فارسی وان.

چشم زن دایی.

بابای ابراهیم توپ خرید. دولایه. دوباره برگشتیم به کوچه. کیوان و شهرام یار کشیدند. مانده بودیم دو نفر. نوبت شهرام بود. مکث کرد.

کیوان تیز گفت مزدک *با من!*

شهرام من را برنمی‌داشت.

آخه تاریخم شد رشته!

می‌ایستادم دروازه. برقان دروازه‌ها بزرگتر بود تهران کوچکتر.

گل کوچیک.

جوب وسط کوچه. فاضلاب همه می‌ریخت توی جوب اِلا مستراح. حمام و روشویی و ظرفشویی. نمی‌شد توی کوچه فوتبال زد. می‌رفتیم زمین خوش. دروازه هندبال. سرمرتضوی.

از برقان که آمدیم رفتم کلاس دو راهنمایی. اوایل گیج بودم انگار، بعد مُردن بابا. درس نمی‌خواندم. فقط دروازه. دور دور عابدزاده بود.

مهندس عباس‌آباد دو طبقه خرید. وقتی مُرد، شهرام کوبید.

با تف می‌سازه.

ساخت. رفتند سعادت آباد. ما پایین آزادی بودیم. من مانده بودم و مادر. شیوا رفت امریکا. مانی رفت آلمان. پول فرستادند. یوسف‌آباد خریدیم. مستوفی.

با پول‌های دزدی خریدن

شیوا فرستاده.

محمودخان شنیده بود مانی فرستاده.

دزد خونه پیدا نشد آقا شهرام؟

شهرام دودها را داد بیرون. از بشقاب من تامسون برداشت. رعنا شروع کرد به پوست کندن.

اولین بمب خورد وسط بازار. کوچه لرزید. زن‌ها سراسیمه. توپ را مسعود شوت کرده بود که همه جا لرزید. گیج شده بودم. گوش‌ها زنگ می‌زد. همه ایستادند. گیج. توپ تا سر خیابان رفت. زن‌ها سراسیمه. بمب دوم دورتر خورد. مدرسه می‌رفتم. کلاس یک. بعدازظهرها. بمب

دوم صبح خورد. کوچه لرزید. نشسته بودیم توی آفتاب حرف می‌زدیم. کیوان گفت خودش توی عکس‌های پدرش دیده. شهرام به ریحانه گفته بود ریحانه به مهندس. مهندس خاور را صدا کرد. از تهران بدم آمد .

ابراهیم دوتا عکس داشت. رنگ و رو رفته. سینه*هاش*.

از تو زیر زمین پیدا کردم.

رد بخیه‌ها ماند. جنازه‌اش را که می‌شستند انگار گلوله خورده بود همانجا درست زیر ابرو. پدرش همه کوچه را صدا زد. همه‌ی تیروکمان‌ها را جمع کردند. جیب‌هامان را گشتند. جیب‌های کیوان پر از تیر. جیب‌های شهرام پر از تیر. مهندس گوشش را کشید. من تیر نداشتم. تیروکمان هم نداشتم. بابا گوشم را کشید. یک هفته همه حبس بودیم. شبکه یک شبکه دو؛واتو واتو.

مادر تلفنش تمام شد *شهین بود*

اخبار می‌دیدم.

تو مهونی تینا همه کادو پول آورده بودن رفتن دیدن پاکت‌ها همه خالیه.

بمب افتاد روی حلب. مانی زنگ زد.صدا را بستم.

"خبر فوری: حمله به کافه‌ای در پاریس"

مراقب داعش باشید

شما باید مراقب داعش باشید.

بمب دوم که افتاد حرف توی دهان کیوان خشک شد. زن‌ها سراسیمه. بابا زنگ زده بود. همه رفتیم زیر زمین. رعنا هم آمد. سفید شده بود.

شبنم قرمز شده بود. شهرام چسبیده بود به مانی. زیرزمین برای خودش اسباب و اثاث داشت. ظهر بود. در زدند. مانی باز کرد. ریحانه و آیدا. مدرسه تعطیل شده بود. آیدا صبحی بود. بمب دوم که خورد همه رفته بودند زیر نیمکت بجز آیدا. گیج شده بود. پنجره‌های زیرزمین کوچک بودند رو به حیاط. بابا گونی پر کرده بود گذاشته بود پشت شیشه‌ها. مادر رفت غذا را آورد.

تاسکباب.

زیاد نبود کم هم نبود. سیر شدیم. بابا و محمودخان با هم آمدند.

غذا رو چرا نیاوردی؟

غروب شد. رفتیم بالا. زیرزمین تلویزیون نبود. رامکال از درخت رفت بالا. تاس می‌ریختند. مادرم دمپختک درست کرد. مهندس ماکارونی ریحانه را آورد.

مانی نشست روبروی بابا. من کنار دستش.

آس دل

چرا نمی‌بُری؟

حکم مگه خشت نیست؟

پیکه

محمودخان خشت را برمی‌داشت می‌گذاشت لای ورق‌ها. از نو دوباره همان ورق را می‌زد.

ندارم.

نَرَس

مانی بی‌بی زد بابا دو لو. اوشین شروع شد.

ریحانه گفت پول برداشتن از تو کیفم.

صدای قاشق‌ها صدای چنگال‌ها. دمپختک. ته‌دیگ سوخته. لام تا کام. سکوت بود فقط. نرفتیم چند ماهی. رعنا و محمودخان عید که آمدند تهران بیشتر خانه ریحانه ماندند. مانی گفت حالا که زنگ زدن بریم. شیوا گفت رعنا هم گفته. دلم رعنا خواست.

تیرهای چوبی را علم می‌کردند برای برق. اوشین ایستاده بود. محمودخان گُلِ کاهوها را جدا می‌کرد می‌زد به کاسه سکنجبین. تیر افتاد روی اوشین. شیوا گریه کرد. کاهوهای سبز ماند برای بچه‌ها.

ریحانه به همه عیدی داد. پول‌های نو. به مانی ده هزار داد به ما هزار. رعنا به مانی پنج هزار داد به ما پانصد. زرشک پلو با سوپ.

مهندس گفت به به.

اوشین که تمام شد همه برگشتند خانه‌شان.

دو

چرا دوچرخه من دست کیوانه؟

بابای کیوان مُرده بود. بابابزرگش از مکه چیز عجیبی آورده بود. قرمز. دکمه را که فشار می‌دادی عکس‌ها می‌چرخید. بابا گفت شهر فرنگ. کیوان پول می‌گرفت اجازه می‌داد شهرفرنگ تماشا کنیم. آیدا دوبار دید. من سه بار. شبنم یک بار. کیوان آمده بود نشسته بود توی ایوان حیاطمان. سال ۶۵ بود. بعد از بمب دوم. شهر فرنگ می‌چرخید بین ما. اول از همه مانی دید. بابا با اشاره سر پرسید. مانی با دست جواب داد نه. شهر فرنگ را داد دست شهرام. داد دست شیوا داد دست پریسا داد دست من. می‌مکیدم. دادم دست آیدا داد دست شبنم.

شبنم عاشق من بود من عاشق رعنا. پریسا عاشق مانی. مانی هیچ! شهرام عاشق شیوا. ابراهیم عاشق دست‌ها.

بابا پنج تومن داد به کیوان.

بیارش ببینم.

کیوان شهر فرنگ را داد به بابا. دکمه را فشار می‌داد. می‌چرخید .

۲۹

کلاغ بود. شیر بود. شتر بود. فیل بود.

محمودخان از در آمد تو. شبنم پرید بغلش. شهرفرنگ را از بابا گرفت. دکمه را فشار داد.

با پولا روید گرفتن.

دو تومن داد به کیوان.

من برم.

شب میام پیشت.

رعنا چادرش را سرکرده بود آمد توی حیاط ما.

شنیدم پول می‌گیری از بچه‌ها.

کیوان جواب نداد.

همه با پیکان سفید رفتیم سیزده‌بدر. سیزده نفر. دریاچه. محمودخان صبح زود باربند را زد. همه‌ی وسیله‌ها را گذاشت بالا. با طناب بست.

پول‌های کیوان را برداشتم. می‌دانستم قایمشان می‌کند زیر موزاییک‌های آخر حیاط. پدربزگش چند سال بود موزاییک آورده بود و ماسه. سیمان پیدا نمی‌شد.

"صدام یزید کافر"

چهارشنبه از هفت تیر بود تا انقلاب آزادی. ایستادیم کنار بلوار کشاورز. چهار ساعت ایستاده بودیم. جمعیت بود که می‌آمد. بعدها گفتند سه میلیون. روی بنری نوشته بودند حماسه خس و خاشاک. مادر و ریحانه

نشسته بودند روی نیمکت‌ها. من هم خسته شدم دراز کشیدم روی چمن‌ها.

با پول‌های کیوان سی تا پشمک خریدیم ریختیم توی کارتون مقوایی و راه افتادیم توی کوچه‌ها. شریك.

پشمك پشمك شیرین.

کیوان بهتر از من داد می‌زد. مشتری که می‌آمد جَلدی در کارتون را باز می‌کرد و پشمک را در می‌آورد.

پشمکی!

اغلب صدا از جاهایی می‌آمد که طرف را نمی‌دیدیم. سر می‌چرخاندیم. کیوان می‌گفت اوناهاش.

چندتا می‌خوای؟

پول‌ها تا آخر تابستان شد هزارتومن. پانصد من پانصد کیوان.

پشمکی!

چیزی به ظهر نمانده بود کوچه‌ها خلوت.

پشمکی!

هر دو دنبال صدا گشتیم.

پشمکی بیا اینجا!

لای دری آهسته باز شد. دستی آمد بیرون. کیوان رفت سمت دست‌ها. سکه دو تومنی را گرفت داد زد دو تا. جعبه را باز کردم پشمک‌ها را

برداشتم و دادم به کیوان که از دست‌ها فاصله گرفته بود و به سمت من می‌آمد. کیوان عاشق دست‌ها شد. ظهرها شده بود کارِمان. می‌رفتیم توی همان کوچه.

پشمکیه پشمک شیرین.

دست‌هادست‌هادست‌ها.

پول کیوان را بُردم پس‌گذاشتم زیر موزاییک‌ها. آخر تابستان. وانت، سیمان آورده بود.

چپ چپ همین فرمون بیا عقب برو جلو برو از اول بیا بده دست راست.

وانتی آمد تو.

کیوان کجاست؟

نمی‌دونم.

ریحانه گفت شام بریم خونه‌ی ما. همه خیابان‌ها پر از آدم بود. ولیعصر را پیاده آمدیم بالا تا سر فاطمی. شلوغ بود. آمدیم تا گلها. مادر سختش بود اینهمه سربالایی. ریحانه هم. صدای رگبار آمد. همه به آسمان نگاه کردند. اتوبوسی آمد. خلوت‌تر بود.

کجا میره آقا؟

ته جلال.

چاره‌ای نبود سوار شدیم.

کیوان سروکله‌اش پیدا شد. آستین‌ها را زد بالا. گونی‌های سیمان را خرِ کش می‌کرد روی زمین. بابای کیوان مُرده بود. همان اوایل انقلاب. تیر خورده بود وسط پیشانی‌اش. مغازه را بسته بود. قفل اول را زده بود به کرکره که صدای رگبار بلند شد. گلوله‌ای نشسته بود وسط پیشانی‌اش. کیوان یک سال نداشت هنوزکه باباش مُرد. بابای کیوان خیلی زودتر از بابای من مُرده بود.

سمت آزادی نمی شد رفت. درگیری بود انگار. انتهای جلال پیاده شدیم.

سعادت‌آباد دربست.

بی‌بی‌سی پارازیت بود.

بزن وُآ

بزن فارسی وان.

مانی زنگ زد. نگران بود. اول با ریحانه حرف زد بعد با شهناز جون. شهرام نزدیک مادرم ایستاده بود که گوشی را بقاپد سلام دکتر جان! *بله اینجا که خودت می‌دونی قیامت امروز هم کُشتن. فردا توپ‌خونه‌ست. نه تمومه کارشون.*

فیل‌ها به جلگه رسیدند. آب خوردند. برگشتند.

تمومه کارشون.

گوشی را از شهرام گرفتم *احوالت چطوره دکتر؟* رفتم انتهای پذیرایی.

چشم مانی جان چشم مراقبیم. باید با صرافی حرف بزنم. فعلا اوضاع قاراشمیشه. بذار هفته بعد اوضاع آروم که شد. گشتیم. همون یوسف‌آباد

که گفتی بیشتر همونجا گشتیم. نیما خوبه؟ به شهناز جون نشون دادم آره دیگه همونا که فیس‌بوک بود.

شهرام دود آخر را داد بیرون. نبات را هم زد. چای را هورت کشید. مانی زنگ زد تسلیت گفت.

محمودخان گفت فقط مانی خوب کرد زود در رفت.

می‌گفت می‌خواد پول بفرسته دوباره آپارتمان بخرید براش

گفته یه چیزایی.

گفتم پول رو بیاره بده من بزنم تو کار ساخت و ساز.

رعنا سفید شد.

با تف می‌سازه می‌ندازه به مردم.

خودت هم بیا واسا پای‌کار.

رعنا سرخ شد.

گیشا یه کلنگی خوب سراغ دارم.

پک زدم.

عمه زیاد نکش.

تامسون را گذاشتم زیر لُپم. مکیدم. تلخ بود.

حالا که هنوز نفرستاده.

شهرام که رفت محمودخان گفت چند چند بودیم؟

چهار یک من جلو بودم

من چهار یک جلو بودم مرد حساب.

رعنا خندید. دلم غنج افتاد. موهاش سفید شده بود. پوستش کمی چروک لابد هم سینه‌هاش. صبح سر خاك کمی اشك ریخت حالا بهتر بود ولی.

تاس ریخت. تاس ریختم. تاس ریخت. تاس ریختم. شدیم چهار چهار.

دست برنده؟

کم نکنیم؟

رعنا گفت *صبح باید بیدار شیم بریم سر خاک.*

سر شبه هنوز.

شبنم آمد در آستانه در. چقدر شبیه رعنا بود. شبنم گفت *شهناز جون خوابش برده رو مبل.* رعنا گفت *ما می‌خوابیم.* همه محله عاشق شبنم بودند. من عاشق رعنا.

کم کنیم سه سه.

تاس ریختم. اول بازی جفت شش که می‌آمد مارس می‌کردم حریف را.

کیوان با پانصد تومن داده بود از تهران دستکش بخرند بیاورند بدهد به دست‌ها. دست‌ها به مادرش گفته بود مادرش به همسایه به‌همسایه‌بههمسایه‌بههمسایه به رعنا مادر کیوان.

بابابزرگ گوشش را کشید. کسی کیوان را نمی‌زد. گلوله نشسته بود وسط پیشانی باباش. وسط بازار. همسایه بودند با محمودخان هر دو بزاز.

یک سالم نشده بود مادر رفته بود خانه پدرش قهر. شیر خشک داده بودند نساخته بود. رعنا مادر کیوان به دادم رسید. پستان‌های پر از شیر. رعنا شد مامان رعنا. هیچ وقت از شهناز نپرسیدم چرا بچه قنداقی را نبرده!

کیوان می‌گفت *گل نخوری‌ها*.

می‌رفتم توی دروازه. اغلب می‌گرفتم. پنالتی که می‌شد کیوان خودش می‌ایستاد. اغلب می‌خورد. کارنامه کلاس اولم را که دادند کیوان تا خانه دوید. کارنامه را از دستم زده بود. بابا ده تومن به من داد ده تومن به کیوان. معدل بیست. تهران که آمدیم کیوان نبود. درس نمی‌خواندم می‌ایستادم دروازه. دُور دور عابدزاده بود. دُورتادور زمین خوش سکو بود برای نشستن. لباس ها را همانجا می‌کندیم تا می‌کردیم می‌گذاشتیم توی ساک. از عیدی‌های ریحانه و رعنا هفت صد تومنی مانده بود. گذاشته بودم توی جیب شلوار. توی کیف. ایستادم دروازه. تا غروب بازی کردیم. زمین خوش آسفالت بود. زانوها اغلب پاره. هفت صد تومن را بُرده بودند. گیج شدم. هفتصد تومن را برده بودند. گیج شدم.

مهندس ساعت نُه رسید.

بزن بی‌بی‌سی.

فیلم‌های بعد از ظهر رسیده بود دستشان. تظاهرات سکوت بود. راه می‌رفتیم درسکوت. روز اول از ته سلسبیل پیاده رفتیم تا آزادی. آیدا شب قبلش آمده بود مانده بود خانه ما. صدای رگبار.صدای تیر.

دُور میدون می‌گشتن ماشینها رو.

اون روز بُردن، اونروز که مرد نبود. گذاشته بودم تو کشو اولی. زن بوده، اون‌روز که مرد نبود.

بزن فارسی وان.

بزن بی بی‌سی.

هفتصد تومن را گذاشته بودم توی کیف جیبی‌ام. قهوه‌ای بود و راه راه. کیف خالی را انداخته بودند روی ساک. آسمان سیاه شد. دروازه‌ها را که عوض می‌کردیم من پشتم به سکوها بود پشتم به ساک. *کِی حواسم پرت شد؟* سیصد تومن را اِرم خرج کرده بودم. محمودخان همه را بُرد. روز ششم عید بود. پیکان سفید. ریحانه کتلت درست کرده بود، کته با نان با سبزی. مادرم تاسکباب. زیلوها را انداختیم. پتوها و بالش‌ها. سفینه سوار شدیم. چرخیدیم‌چرخیدیم‌چرخیدیم‌چرخیدیم‌چرخیدیم. شبنم بالا آورد.

پریسا دمق بود. سوار نشد نشست کنار ریحانه و مادرم.

مانی چرا نیومد زن داداش؟

گفت درس دارم روز چهارده امتحان می‌گیره استادشون.

مهندس مراقب شهرام و آیدا بود. محمودخان مراقب شبنم. رعنا مراقب من و شیوا. رعنا دست تکان می‌داد. یک طوری می‌نشستم که انگار برایم مهم نیست که می‌ترسم. سفینه می‌چرخیدمی‌چرخیدمی‌چرخید. رعنا دست تکان می‌داد. سرم گیج می‌رفت. پریسا گوجه ها را خورد کرد. تاسکباب روی پیکنیک بود.

درس دارم.

دلم می‌خواست جیب همه را بگردم. دلم می‌خواست جیب همه را بگردم. دلم می‌خواست جیب همه را بگردم. دلم می‌خواست جیب همه را بگردم. گریه کردم. شهناز داشت الویه درست می‌کرد. خیارشورها. سیب زمینی‌ها.

چرا چند روزه ناراحتی؟

زدم زیر گریه. بغلم کرد.

رعنا مادر کیوان کارمند بود. کارمند دخانیات. مادر که رفته بود قهر پستان‌های رعنا بود که به دادم رسید.

کیفم رو زدن.

گریه کردم.

پول‌ها رو برداشتن فقط.

شیوا گفت کیف رو نبردن؟

نه

گفتم این کیف شَر می‌شه.

گریه کردم. مرغ را ریش کرد. نخود فرنگی. سس. خیارشورها.

من یه کیف پول پیدا کردم

برو بذار سر جاش

برو بگو پیدا کردی

چرا برداشتیش؟

کِی پیدا کردی؟

هفته پیش

چرا الان داری میگی؟

مانی خیلی عصبانی شد. روی کاغذ نوشت یک عدد کیف پول پیدا شده. با دادن نشانی. کیف را من چند ماه قبل پیدا کرده بودم. از زمین خوش برمی‌گشتم خانه. کیف افتاده بود توی پیاده رو. برَش داشتم. سه هزار تومن پول نُو. نه کارتی نه هیچ فقط پول. هیچ وقت هیچکس زنگ نزد. ساعت مانی گم شد. کفش‌های کتانی شیوا گم شد. انگشتر مادر گم شد. هفتصد تومن را دزد بُرد. پول‌های ریحانه را که برداشتم دستم شکست.

گفتم *این کیف شر می‌شه!*

کیف را بردیم انداختیم سطل آشغال.

مارس داری می‌شی محمودخان

شب درازه.

شش و سه داد. باید گشاد می‌دادم. زد. پر کرد. دو دست بالا بودم کُشته.

با این شهرام شراکت نکنی یه وقت

من کاره‌ای نیستم

خودم به *مانی زنگ می‌زنم میگم پول نریزه تو حلق این*

پول اون یارو رو چقدر خورده بود؟

خیلی

مانی پول نمی‌ده به این

اینجوری نبود

مهندس که مُرد اینم تِلِنگش دررفت

جفت شش.

به دکتر بگو شراکت نکنه باهاش

دکتر با مانی می‌خوان سمت قلعه یه کارایی بکنن

افتاد جلو. دوباره شش و سه.

جفت چهار.

نگاه کردم به ساعت. ده دقیقه مانده بود به یک.

جفت چهار.

تاس ریختم.

یک و دو میده!

دوباره زد.

کیوان گفت خودشِ توی یه فیلمی دیده. بمب دوم خورد. زن‌ها سراسیمه.

بابا حاکم بود. حکم دل. پریسا کنار محمودخان می‌نشست. شهرام کنار مهندس. من کنار بابا.

دست را محمودخان بُرد.

چهار سه شما.

بریم یه دود بگیریم بیاییم دست آخر رو در صفا و صمیمیت ببازی.

نگفتم شب درازه.

محمودخان دوست داشت شبنم را بگیرم. رعنا دوست داشت شبنم را بگیرم. شوهر شبنم یک روز آمده بود خانه. فرم‌ها را گذاشته بود روی میز. مهریه را نقد واریز کرد.

داماد محمودخان که می‌شدم می‌آمدم برقان اصلا. با محمودخان بیشتر خوش می‌گذشت. تا صبح آب را می‌قصاندیم و تخته می‌زدیم. مادر گفت نه.

دلم می‌خواست هفتصد تومن خودم را از پول‌ها بردارم. پول‌های نو نو!

محمودخان دود ها را داد بیرون.

یادمون رفت فوتبال ببینیم

ظریف دیدیم بجاش.

دست بعدی را هم باختم. اول بازی شش و سه که می‌داد رها می‌کردم.

شکَم بُرده بود به رمضانزاده. امروز زود رفت. ساک‌ها کنار هم بود اغلب. حتما حواسم نبوده. رمضانزاده زنگ‌های تفریح چیزی

نمی‌خورد. گاهی لقمه‌ی بربری و پنیر. تعارف می‌زد. رمضانزاده کُل آن هفته را ساندویچ خورد. تعارف می‌زد.

بِکَن.

می‌کندم همیشه. پول خودم بود. عیدی رعنا و ریحانه.

دکتر گفت *بعد* یک *هفته بَبِر عکس بگیر بیار ببینیم جوش خورده.* از پله‌ها که افتادم سرم گیج رفت سرد شد.

کیوان آمده بود مدرسه با دوچرخه‌ی من. کنار پنجره ایستاده بود. چیزی نمی‌گفت. سرم گیج رفت *چرا دوچرخه من دست کیوانه ؟*

بابا را بُرده بودند تهران. مریض بود. ما هم رفته بودیم خانه مامان‌جون. دوچرخه خانه خودمان بود. پشت قفل‌ها پشت در. توی زیر زمین. چرا دوچرخه من دست کیوانه؟

مزدک ببند پنجره رو. آقای قنبری بود. سرم گیج رفت سرد شد. زنگ خورد. کیوان پشت پنجره بود هنوز. آمده بود دنبالم. سوار دوچرخه‌ام شدیم. رفت طرف محله. گفتم *خونه باباجان بودیم بریم اونجا.*

سه

یازده سپتامبر

عکس گرفتیم بُردیم. گذاشت زیر نِتُسکوپ جوش خورده *دو ماه دیگه بیا باز کنم.*

دو ماه می‌شد وسط عید. خودم ماژیک خریدم بردم. از پول‌های کیف ریحانه مانده بود هنوز.

تو را من چشم در راهم

نه اینو نمی‌ذارم.

دوست عزیزم امیدوارم هر چه زودتر خوب شوی

ماژیک را دادم دستش.

بنویس. یاد بگیر.

چندتا قلب و تیر هم کشیدند. ناظم دید. خواباند زیر گوشم. با ماژیک سیاه‌شان کردم. اصلا می‌خواستم رنگ بخرم رنگ کنم. خواباند زیر گوشم. گیج شدم. سرد شد.

کیوان تا خانه حرف نزد. خرداد بود. هرم گرمای ظهر. دوچرخه دوچرخه مانی بود. سوار نمی‌شد. کوچه را گذاشت کنار رفت زیرزمین درس خواند. چهار سال تمام. رسیدیم سر کوچه. دم در شلوغ بود.

باختی که آقا مزدک.

کوچیک شماییم.

فردا!امروز که هیچی پسفردا صبح می‌ریم می‌زنیم می‌شینیم تا صبح نمی‌خوابیم. تکمیل توپ می‌ریم می‌زنیم. من تا ده سیخ هم زدم اونجا. جیگر دل قلوه همه چی!

محمودخان دماغش را خاراند. چای را هم زدم. دلم گرمی خواست.

فشارت افتاده با خرما بزن.

صدای بسته شدن در آمد.صدای باز شدن در آمد. شبنم بود نمی‌خوابین؟

شوهرش فرم‌ها را گذاشته بود روی میز. شبنم زنگ زده بود به رعنا. پیکان سفید راه افتاده بود تهران. آمدند خانه ما.

ریحانه نفهمه.

همه رفتیم خانه‌ی شبنم. نمی‌خواستم بروم. مادر گفت بیا. شوهرش نشسته بود بالای مجلس. دمق. کسی حرفی نزد. شبنم امضا کرد آمدیم بیرون. از اول باید عاشق شبنم می‌شدم بجای آیدا. آیدا گفت نه. گفت نمی‌تونم مزدک انگار برادرم. تا چند وقت پیش اینها را نمی‌گفت تا روز

ناصر تا روز چهارراه ولیعصر. همه گفتند نه. محمودخان گفت رعنا
جان شما فهمیدی آیدا چرا گفت نه!

شیوا زنگ زد.

میگه ما خواهر برادریم حرف بزن باهاش.

حرف زده بود. همان حرف‌ها. همان حرف‌ها. همان حرف‌ها. چند ماه
بعد، زنِ این بابا شد که سر خاکِ ریحانه دست امیر علی را گرفته بود.

نمی‌خوابین؟

سردیش کرده گرمی چی داریم تو یخچال؟

نمی‌خواد خوبم.

شبنم شیره آورد و ارده. فلاسک چای. نشست کنار باباش. محمودخان
بغلش کرد. رعنا بود.

شهرام گفت پنج سه. کیوان گفت چهار سه. پنج سه. چهار سه. پنج سه.
توپ خورد وسط کمر شهرام.

آخ.

پنج پنج.

ابراهیم آن‌شب که تیر خورد نگهبان توپ‌ها بود. تیر خورده بود همانجا.
درست زیر ابرو. گفتن پاسبخش اشتباهی زده. کیوان زنگ زد.

"ابراهیم"

رفتم برقان. زمستان بود.

٤٥

فیل‌ها به جلگه رسیدند

مامان‌رعنا خوبه؟

بد نیست.

مادرمم سلام رسوند.

تیر خورده بود زیر ابروی ابراهیم. سوز سرما استخوانها را ترکاند. آخوند بد صدایی تلقین را خواند. همه جمع شده بودند دُور بابای ابراهیم. شانه ها می‌لرزیدند. مادرش زار می‌زد. جوانمرگی. رفتیم سر خاک بابای کیوان بابای من. پیاده آمدیم تا شهر. مردها نشسته بودند دور تا دور خانه. محمودخان نشسته بود کنار بابای ابراهیم. سینی‌ها را آوردند. خورش‌سبزی. آشِ‌دوغ. هم‌سینی بودیم با محمودخان گفت *یه سر میرم تا خونه بیا بریم*. تا آن‌وقت با محمودخان ننشسته بودم. سال دوم دانشگاه. شبنم پشت کنکور. پریسا خانه‌ی شوهر.

کیوان گفت *بریم فِرنی.*

حمید و مسعود هم آمدند.

تخته‌ت خوبه مثل بابات؟

بزنیم.

پنج هیچ باختم. محمودخان قُلقلی را گذاشت وسط. لپ‌هاش باد کرد. پریسا زنگ زد. مادر زنگ زد. دایی حامد زنگ زد. شبنم عاشق من بود.

گچ را سه روز مانده بود به عید خودم باز کردم. با مادر رفتیم دکتر. از نُوعکس گرفتیم. گفت دو هفته دیگه. می‌شد بعد عید. تشت را پر از آب گرم کردم. شیوا کتری آب جوش را آورد ریخت توی تشت. مانی گفت

بذار عکس بگیرم. نیکون سیاه مستطیلی. رادیولوژی را نگاه کرده بود جلوی آفتاب *جوش خورده.*

مادر نبود با رباب خانم رفته بودند بازار. دم عید. آب جوش اثر کرد. ماژیک ها وآ رفتند توی تشت. مانی گفت *از اینجا.* باند را نرم نرمك باز کرد. حمام که می‌رفتم کیسه نایلون را با کش می‌بستم. محکم ولی باز هم آب می‌آمد. سرم را با دست چپ می‌شُستم. بدنم را با دست چپ می‌شستم. رعنا خشک‌مان می‌کرد. همه‌ی باند را که باز کرد آزاد شدم. دست راستم برگشته بود. بی حس بود و گیج. لاغر شده بود. مادر که آمد برایم شلوار خریده بود.

باز کردی؟

مانی گفت جوش خورده. دوست نداشتم آیدا با دست شکسته ببیندم.

"دوست عزیزم مزدک جان امیدوارم هر چه زودتر. قربانت رضا. شمع و گل و"

دوست نداشتم آیدا اینها را ببیند. محمودخان گفت *حالا ریحانه خانم یه چیزی گفته منظوری نداشته گفته از کیفش پول برداشتن نگفته کی برداشته شما گرفتی به خودت.*

مانی گفت بریم.

ریحانه به مانی ده‌هزار داد به ما هزار. من گفتم *چرخ و فلک سوار شیم؟* رعنا گفت *منم سوار می‌شم.* فانفار رفت تا آسمان. ترسیدم. شبنم سوار نشد ماند پیش محمودخان. همه نشستیم داخل یک کابین.

نیافتن از اون بالا . شیطونی نکنید ها.

مامور در کابین را بست. محمودخان دست تکان داد. پشمک خوردیم و چیپس. دلم می‌خواست ترن‌هوایی سوار شوم. مانی اگر بود سوار می‌شد. تاسکباب خوردیم و کتلت. پریسا چیزی نخورد. محمودخان چای خواست.

پررنگ باشه.

با دوچرخه و کیوان رسیدیم سر کوچه. جلوی در شلوغ بود. گیج شدم. سردم شد. دایی آمد. رعنا آمد. ریحانه آمد. مادر آمد. مانی آمد. شیوا آمد. نشستیم روی پله‌های جلوی در گریه کردیم. ساسان و سامان کنار مردها، مردها ایستاده بودند جلوی در توی کوچه.

کیوان گفت تیر خورده وسط پیشانی باباش. کیوان گفت ناراحت نباش. کیوان گفت مزدک با من.

تابلوی سیاه را گذاشتند بالای سر ابراهیم. پیاده آمدیم تا فلکه. سوز سرما. کیوان پول فرنی‌ها را حساب کرد. محمودخان گفت *پسر خوبیه این کیوان.*

صبح نیامد برای تدفین. عصر آمد مسجد .

بعد از هفتصد تومن دیگر پول نبردم زمین خوش. حساب کردم رمضان‌زاده یازده ساندویچ خورد آن هفته. می‌گفت بِکَن می‌کَندم. پول ریحانه بود پول رعنا. با چندتا نوشابه؟

دست شکسته خورد به امتحانات ثلث دوم. اسفند. با دست چپ ورقه‌ها را سیاه کردم. نمره‌ها بهتر از ثلث قبل شد. بهتر از سال قبل. شاید

نمی‌شد دستخطِ دستِ چپ را خواند گُتره‌ای نمره می‌دادند. ناظم خواباند زیر گوشم. برف آمده بود.

کسی دست به برف نمی‌زنه ها!

فکر کردم حواسش نیست. برف را برداشتم گوله کردم و زدم. بلندگو سوووووت کشید *مختاری گمشو بیا اینجا.*

سرم گیج رفت. سرد شدم. خواباند زیر گوشم. آخ. ریاضی شده بودم شانزده. بابا خواباند زیر گوشم. آخ .

از اِرم که برگشتیم محمودخان و رعنا و شبنم و پریسا آمدند خانه ما. آیدا نیآمد. مانی درس می‌خواند. می‌ایستادم دروازه. رعنا خودش رفت توی آشپزخانه چای گذاشت. مانی نشسته بود کنار محمودخان. ما همه دُور تا دور. مانی سوال پیچ شده بود. رعنا مُچ‌ها و کتفش درد می‌کرد. محمودخان کمرش. مانی قرمز شده بود.

بمونید شب.

ماندیم.

شهرام ما را رساند. خیابان‌ها شلوغ بود هنوز. همه جا ایست بازرسی. شهرام صندوق را زد بالا. چیزی نداشت.صندوق را بست.

مسافرین محترمی که قصد ادامه سفر

راننده گفت ایستگاه بعد ملت، توپخونه ایستگاه نداریم. درها باز شد. حسن‌آباد پیاده شدیم. *قیامت*. راه افتادیم به سمت توپخانه. سر در باغ

ملی و سی‌تیر نیرو ایستاده بود. جلوی پایشان گل گذاشته بودند. غروب دوشنبه صدای رگبار بلند شد. آیدا گفت *دوستت دارم*.

کیوان گفت *شب میومدی می‌رفتیم یه دست تخته می‌باختی*.

موهایش ریخته بود. کت و شلوار طوسی. بعد از رعنا ندیده بودمش. راننده‌اش دم در ایستاده بود منتظر. تا دم در مسجد رفتیم. شهرام هم آمد. مزدك *بیا با من*.

خدا بیامرزه.

خدا رفته‌گان شما رو هم.

راننده در را برای کیوان باز کرد. شهرام شماره‌اش را گرفت.

مانی گفت *با مادر ویزا بگیرید بیایید تابستون رو اینجا بمونید*. مادر رفت. شهرام که زنگ زد برای دِربی همه آلمان بودند. مانده بودم تنها.

محمودخان گفت *یه دست دیگه بزنیم*؟ یکشنبه بود. حتما می‌باختم.

صبح باید بریم سر خاک

یازدَهه هنوز!

خودش را خاراند. آب رقصید.

مانی گفت *اینهمه دختر*.

دلم می‌خواست همه با هم می‌رفتیم جگرکی.

بچین یه ده پونزده سیخ دیگه هم ببازی.

سبیل‌ها رقصید. سفید.

دلم می‌خواست ببازم. دو سه دست که بازی می‌کردیم می‌رفت پای قُلقلی. قلقلی شبیه آدم شده بود. با نی دو دست ساخته بود براش. بالای گردن، قوطی کبریت چسبانده بود. سیخ را می‌گرفت به پیک‌نیک. لب‌ها را می‌گذاشتیم به نی‌ها. آب می‌رقصید.

بابات خدابیامرز مرد خوبی بود

سلامت باشید.

گفتم کوبیده نخوریم فکر کرد پول خرج نمی‌کنم گفتم بریم. حالا مستراح گیر نمی‌یومد تو جاده. یه جا وایسادیم یه بیست‌لیتری و یه آفتابه خریدیم.صحرا تا خود برقون.

رعنا گفت *مُچ‌هام شب‌ها بیشتر می‌سوزه تیر می‌کشه. نمی‌ذاره بخوابم.*

پریسا خندید. شبنم خندید. محمودخان خندید. همه خندیدیم. رعنا خودش هم خندید.

آب رقصید.

با اینم یه حال دیگه‌ست. تاثیر داره آب مثل قلیون این دود میره تو آب تصفیه می‌شه میاد.

گفتم *همون تن ماهی می‌خوردین بهتر بود.*

تا خود برقو ن اسهال.

پیکان سفید را که آورده بود کل محل جمع شدند. ایران‌ناسیونال. خون‌ها را زد به چرخ‌ها به نمره.

باختم. روی هم شد بیست سیخ.

کی بخوره بیست سیخ رو

همه با هم بریم

زن و بچه؟

مادر رعنا همه

نمی‌شه اونجا تو بازاره. محل مردونه‌ست.

محمودخان مغازه را داده بود اجاره. عصرها می‌رفت پیش مستاجر. چانه‌ی هر دو گرم. زمستان علادین بود و کتریِ آب تابستان‌ها هیچ.

شبنم را می‌گرفتم می آمدم پیش رعنا.

من و آیدا و شبنم. ایستادیم ایستگاه فیاض‌بخش. جمعیت قفل شده بود. کسی گفت آدم‌ها گیر افتاده‌اند توی مترو. کسی گفت بریم به سمت حسن آباد. راه افتادیم. کیپ تا کیپ جمعیت بود.

رعنا گفت *شب‌ها خوابم نمی‌بره درد دارم.* قلبم تیر کشید. رعنا دُم حوله را می‌کشید سرم. ریحانه می‌شُست مادرم آب می‌کشید.

مانی سرخ شد *نُک انگشتات تیر می‌کشه؟*

می‌کشه

شاید عمل بخواد.

می‌ایستادم دروازه. رمضانزاده زودتر رفته بود. کیف خالی بود.

محمودخان چیزی نگفت. پریسا لبخند زد. مانی سرخ شد. زن‌ها خوابیدند. محمودخان رفت آشپزخانه. تنها نشسته بود کف زمین. آب رقصید.

عمل می‌خواد عمه جان.

رعنا کمتر نبات می‌ریخت. دکتر گفته بود قند داره. مانی گفت قند داره. محمودخان گفت تریاک.

زمستان‌ها برف می‌آمد تا زانو. سنگر درست می‌کردیم. می‌زدیم. می‌خوردیم. دستکش‌ها پونصد. قهوه‌ای چرم. جان می‌داد برای برف برای دروازه. رمضان‌زاده پول‌ها را بُرد که بُرد. پول دستکش‌ها.

نفت کم بود.

"صدام یزید کافر"

با بابا رفتیم چوب خریدیم.

تُف

گُر می‌گرفت. می‌سوخت. سیر نمی‌شدم از آتش.

هفت که راه می‌افتادم می‌دیدمش. نبش خوش. موهاش را چتری می‌کرد می‌داد بیرون. کوتاه. نگاهم نمی‌کرد هیچ وقت.

جوجه‌ی سار افتاده بود توی حیاط توی برف‌ها. بابا گفت *بالِشِه*. بردیمَش زیرزمین. برای سار آب گذاشتیم. مانی گفت زخم شده. بتادین را خالی کرد روی سار. بابا گفت نریز *اِنقد*. مادر نبود. رفته بود قهر. بابا کوکتل را می‌ریخت تابه. مانی عاشق کوکتل بود. مادر که می‌رفت قهر

چهارتایی کوکتل می‌زدیم. گاهی رعنا دلمه می آورد. گاهی کوکو. شیوا عاشق کوکتل بود. بابا گفت *چرا انقدر بلند خندیدی؟* مادر رفت قهر. بابا گفت *چرا مرد همسایه*. مادر رفت قهر. بابا گفت *ندارم*. مادر رفت قهر. کوکتل‌ها. بابا پنج تومن می‌داد ببرم مدرسه. ویتامین ث می‌خریدممیمکیدممیمکیدممیمکیدم.

نشسته بود تنها کف آشپزخانه. با شیشه مربا قلقلی ساخته بود با لوله خودکار.

رعنا جان دو تا خودکار از مانی و شیوا می‌گیری!

قلقلی را گذاشته بود روی قابلمه. پیک‌نیک کنارش. خودکارهای من!

رعنا جان ببین یه قابلمه‌ی دیگه میاری این لق می‌زنه.

رعنا گفت *نبات رو کم کن.*

دست سوم گفت *مارس می‌شی*. دلم می‌خواست بگویم شب درازه. شبنم را که می‌گرفتم می‌رفتم همین خانه خودمان را از ابراهیمی می‌خریدم می‌شدیم همسایه. آجرها را برمی‌داشتیم در می‌شد همان که بود. می‌رفتیم می‌آمدیم.

نشئه که می‌شد از تاریخ می‌پرسید.

کودتا کِی بود؟

مرداد سی و دو.

نه اون یکی!

اسفند ۹۹.

قصه‌ی حرمسرای ناصرالدین شاه را که می‌گفتم کِیف می‌کرد. می‌شدم دامادش چند ساعتی می‌رفتم آزاد تاریخ می‌گفتم چندساعتی می‌رفتم پروژه‌های کیوان چند ساعتی تخته می‌زدیم و قلقلی.

دلم می‌خواست نشئه کنم دلم می‌خواست ناصرالدین شاه از سفر فرنگ برنمی‌گشت. ظل‌السلطان قشون می‌کشید تهران جای مظفرالدین میرزا می‌نشست به تخت کیانی. دلم می‌خواست بابا نمی‌مُرد.

مانی گفت *رو نقشه علامت بزن بفرست*. با قرمز علامت زدم. مستوفی.

زن دایی خوبه؟

خوبه.

مانی خوبه؟

خوبه.

مادرت نیست سر نمی‌زنی

وقت نیست بخدا!

شیرینی ماشین رو بیا بده!

پارک وی را رفتم روی پل.

ریحانه گفت دزد مرد نبوده.

شهرام گفت *پلیس می‌گه آشنا بوده*.

زنگ را زدیم.

بابا از مرکز استان که برگشت برقان، زمین ارثیه را فروخت. خانه را ساخت. به نازک‌کاری که رسید طلاهای مادر را هم فروخت.

بافتنی سفید کرده‌اند تنم نشسته‌ام روی پای رعنا. همه بگن سیب. سیییییب. سرم پایین است. چهارماهه. تپل. رعنا گفت بله.

شگون داره پسر رو پای عروس. رعنا عروس بود.

بابا جایزه را خرید آورد مدرسه. شاگرد اول کلاس یك ب. مدرسه پول نداشت چیزی بخرد برای بچه‌ها. اولیا می‌خریدند می‌آوردند می‌دادند دانش‌آموزان ممتاز. برقان ممتاز بودم تهران دروازه. همه بودند. همه پدرها. بابا کت و شلوار می‌پوشید. عادت کارمندی. بازخرید کرده بود آمده بود برقان. از زمین ارثیه پدرش، بابا یک سهم برده بود رعنا و ریحانه نصف نصف. مهندس گفت ما می‌فروشیم. بابا دلش می‌خواست بگوید می‌خرم. ندارم. محمودخان خرید. شدیم همسایه. مهندس چند خانه آنطرف‌تر ساخت.

چرا بهش می‌گین مهندس؟

رعنا خندیده بود.

بابای ابراهیم ایستاده بود دم در. تاس شده بود. بغلش کردم. گریه کرد. گریه نکردم. تیر خورده بود همانجا. درست زیر ابرو. بابای ابراهیم آمد وسط کوچه. بابای ابراهیم گریه کرد.

سار را بردیم پشت بام. بابا رفت خرپشته. ما نمی‌رفتیم. سار پرید. مادر از قهر برگشت.

همه رفته بودند سینما. فردین می‌رقصید. پوری بنایی می‌رقصید. رفته بودند سینما وقتی دزد آمده بود.

چی برده؟

روفتن!

مانی گفت *بعد دزدی بابا و مامان کمرشون تا شد.*

دزد همه چیز را برده بود. فرش‌ها را تازه خریده بودند. ریز بافت تبریز.

مانی می‌گفت مامان. شیوا می‌گفت مامان. می‌گفتم مادر.

خواب دیدم مانی سرش را تراشیده دستهایش را باز کرده و پرواز می‌کند. همیشه همین خواب را می‌بینم. گاهی مانی نیست. می‌ترسم.

مانی جوجه اردك خرید.

دست نزنید.

می‌رفت توی تشت مسی. نان خُرد می‌کرد توی آب. جوجه اردك بزرگ شد پاییز که شد بردیم زیرزمین. مادر گفت بذارین تو کارتن. تشت مسی را آب ولرم می‌ریخت. نمی‌رفت.

شیوا گفت *اسمِش رو چی بذاریم*. شبنم گفت شیلا. پریسا گفت *پاریدو*.

همه خندیدیم. پاریدو به بهار نرسید. صبح رفته بود تلیت ببرد دیده بود پاریدو مرده. نرفت مدرسه. مادر گفت *باید بری*. بابا گفت *طوری نیست*.

کیوان گفت به بابات بگو با بابابزرگم حرف بزنه منم بیام شنا. کسی به کیوان چیزی نمی‌گفت. بابا خمیر نان را می‌چسباند به سوزنِ قلاب،

ول می‌داد توی آب. چوب می‌بردیم اغلب. سر راه، پیکان سفید را نگه می‌داشت آلبالو می‌خرید.

آلبالو می‌زنیم با تخته.

قلاب که گیر می‌کرد بابا جلدی می‌پرید. گاهی می‌گرفت گاهی نه.

برو خودم می‌گیرم.

سیخ را می‌چرخاند دور تریاک دود را می‌داد تو لپ‌ها باد می‌کرد.

ولیعصر را پیچیدیم بالا. دم غروب بود و گاو گُم. سکوت. آیدا گفت دیگه دوستت ندارم. شبنم گفت دیگه دوستت ندارم. رفتیم روی سنگی‌های تئاتر شهر نشستیم. آیدا سیگار کشید.

زنگ آخر ساعت دوازده می‌خورد. آقای سلیمی از همه ارزان‌تر می‌داد. بقالی‌اش چسبیده بود به مدرسه. سال تاسیس ۱۳۴۷. کوکتل را از بازار می‌خریدیم. کیلویی. مادر که می‌آمد شروع می‌کرد به غذا پختن. اول شمالی؛فسنجان. کباب ترش. باقالا قاتق. محمودخان پادرمیانی کرد. رفته بود مغازه‌ی باباجان. دایی گفته بود نه. باباجان گفته بود زن خودشه *اختیارش رو داره.* مادر که رفته بود قهر پستان‌های رعنا نجاتم داد.

کیوان گفت خدابیامرزه رفته‌گان شما رو. تابستان بود که مامان رعنا مُرد. رفتیم مسجد. بابای ابراهیم بالای مجلس نشسته بود روی صندلی. پسری چای می‌چرخاند. امام حسین در صحرای کربلا. بقی. مکه.

خدا رحمتش کنه.

شب رفتم خانه بابابزرگ کیوان. مردها نشسته بودند دور تا دور.

بابای ابراهیم گفت *بمب اول که خورد همین مسجدی بودم که عصر بودیم برای فاتحه. کفش خریده بودم از تهران. بِهِل بشو. کفش‌ها را بردن.*

ابراهیم با کسی دعوا کرده بود. رفته بود مستراح تا آمده بود سهم شامش را خورده بودند. دعوا. بزن بزن. ابراهیم تلافی کرده بود بعدها. آنها هم تلافی کرده بودند. تیر خورده بود زیر ابرو. گفتند پاسبخش.

چرم *ایتالیا بود به جان شما.*

شام آوردند. پسرجوانی سینی را گذاشت برای من و محمودخان. کیوان گفت بفرمایید. جوجه‌ی مامان‌رعنا. کیوان تا دم در آمد.

برو خاله رعنا رو بگو بیاد.

امیرعلی جَلدی پرید.

رعنا هم آمد تسلیت گفت. شبنم هم آمد تسلیت گفت. زنانه بودند.

کت و شلوار کرم قهوه‌ای.

مادر هم تسلیت گفت خیلی. نتونست بیاد .

سلامت باشن.

مانی زنگ زده بود خوابگاه. پیغام گذاشته بود که بروم تهران. تلفن اغلب اشغال بود. هر طبقه دو تلفن داشت. صدای زنگ‌شان پیچ می‌خورد توی راهرو. ناصر برداشته بود. گفته بود مزدک مختاری. ناصر اتاق کناری بود.

نیست

لطفا بگید برادرش از آلمان زنگ زده بهش بگید امشب بره تهران.

ناصر نگران شده بود.

چرا؟

مانی گفته بود چیزی نیست.

شهناز جون طوری شدن خدای نخواسته!

حتما مانی تعجب کرده بود "شهناز جون"!

بگید امشب بره تهران

نگران شدم آقای دکتر.

حتما مانی تعجب کرده بود "آقای دکتر"!

خودم اگه گرفت اشغال نبود دوباره زنگ می‌زنم.

یازده سپتامبر شیوا رفته بود خرید برای هانا. روز قبلش به شهناز زنگ زده بود. بچه را گذاشته بود پیش بِی‌بی‌سیتِر. جین.

ناصر آمد نشست کنار دستم. ریاضی محض می‌خواند. پیر شده بود بی‌نوا. تاریخ می‌خواندم.

ناصر گفت *روبراهی؟*

روبراه.

تازه شام خورده بودم.

ببین می‌خوام یه چیزی بهت بگم ازت می‌خوام آروم باشی.

سردم شد. ناصر تا ترمینال آمد. خودش رفت بلیط خرید.

با کیوان که رسیدیم سر کوچه مردها را دیدم ایستاده بودند. از دوچرخه آمدیم پایین. دایی آمد جلو. گریه کردیم.

گرگ و میش بود رسیدم. خش خش جارو. هزاری را گذاشتم جیب رفتگر. ساکم را دادم دست چپ. دیوارها را نگاه کردم. کلید انداختم. ناصر گفت بد به دلت راه نده. چند تکه لباس انداختم توی ساک. تی‌شرت مشکی آمد زیر دستم. پرتش کردم توی کمد.

بد به دلت راه نده.

آمد بالا همراهم. آغوشش را باز کرد. میمکیدم.

سه تا پنج تومن دوتا سه تومن و پنج زار یکی دو تومن.

آقای سلیمی معلم مدرسه هم بود. کلاس یك الف. ما یك ب بودیم. سه تا پنج تومن. یکی برای مانی یکی برای شیوا یکی برای خودم.

شهرام برای شیوا کتاب آورده بود و کاست شادمهر. شیوا تارکان گوش می‌داد.

چرا خندیدی؟ بابا جلوی همه گفته بود. نه که بلند بگوید. رفته بود نزدیک چرا خندیدی؟

ریحانه دیده بود رعنا دیده بود. برادر محمودخان داماد بود. مادر رفته بود قهر. مادر بعد از دزدی هم رفته بود قهر.

شهناز جون حامله بود که دزد اومد. بچه افتاد.

بابا تقصیر را انداخته بود گردن شهناز. فردین می‌رقصید آن‌شب. دیوارِ پشت خانه را سوراخ کرده بودند. فرش‌های دست باف. کمی پول. طلاهای مادر امانت بوده دست خاله شهلا.

خانه برقان خورده بود به نازک کاری ندارم. مادر طلاها را فروخته بود.

خانه ما که آماده شد محمودخان هم رسید به نازک کاری.

دیوار حیاط را اندازه یک در کوچک باز گذاشتند. من سال بعد آمدم. شیوا بعد از جنینی‌ای که مُرد. بابا شب‌ها می‌رفت بهار خواب محمودخان. آب می‌رقصید.

کنار دستی‌ام اسمش سارا بود. شاگرد اتوبوس یکی یکی اسم‌ها را می‌خواند.

آقای مختاری. خانم مخدو

مخدومین

مدیریت می‌خواند. شبانه. عصرها که برمی‌گشتیم خوابگاه می‌دیدمش. با دوستش می‌نشستند روی نیمکت‌های روبروی کتابخانه. سر راه خوابگاه کج می‌کردیم سمت مدیریت. سارا لاغر بود و بالا بلند. تخت می‌پوشید. مانتوی سرمه‌ای. مقنعه مشکی.

هفت که می‌زدم بیرون می‌دیدمش. چتری ها را می‌داد جلو. زیبا بود. به شیوا گفتم. خندید.

به شهناز نگی ها.

خندید.

سعدی که آمد خواستگاری، شیوا گفت *نه*. سعدی همه را دعوت کرد نایب. ریحانه گفت *اینجوری نبین بگو بخنده*. مهندس گفت *با شیوا حرف بزن راضیش کن شهناز خانم*. شهرام عاشق شیوا بود.

من برگ سفارش دادم. مهندس شیشلیک. مانی زنگ زد. شیوا گفت *بله*. شهرام برای عقد نیامد. رفت شمال. ریحانه گفت *مبارک باشه*.

مبارک باشه. مبارک باشه. مبارک باشه. شیوا رفت نیویورک. مادر گریه کرد. من گریه کردم. مانی هم گریه کرد.

مهندس تا خود تهران خُروپُف. آخوندی رسیده بود عباس آباد.

دو دست چلو مرغ!

تو راه مرغ نخوریم بهتره.

رانندهی خاور گفته بود *رون باشه*.

عقب پژو جا بود برای من هم. نبُردَنم. از تهران بدم آمد.

شنهاز گفت *بریم تهران* همه. مانی گفت *خوابگاه میدن*. شهناز گفت *می‌ریم تهران* همه. از سلسبیل می‌رفت ولنجک هر روز. با اتوبوس. دانشگاه بهشتی. بعدها با زرد قناری.

دستم که شکست رفتم آن طرف خیابان. نگاهم نمی‌کرد. آن‌طرف خیابان که هیچ. با دست شکسته سخت بود خوابیدن. اول به راست دراز می‌کشیدم. بعد به چپ. بعد به پشت پاها را جمع می‌کردم. با دست شکسته سخت بود خوابیدن.

مانی و شهناز همراهم آمدند مدرسه.

چرا اینجوری راه میری می‌پری سُر می‌خوری؟

نامه بیمه را گرفتند.

موزاییک‌ها. جدول‌ها. شکاف‌ها، روی سایه‌ها نه. از سایه‌ها می‌ترسیدم. می‌ترسیدم پا برود روی سایه کسی بمیرد. ناظم بخواباند توی گوشم. آن‌روز هم که رمضانزاده پول‌ها را بُرد پاها رفته بودند روی سایه بی هوا. گاهی جایی را می‌کندند. جدولی را رنگ می‌کردند. باران و برفی می‌آمد. می‌رفتم از خیابان دُور می‌زدم. بعضی موزاییک‌ها را دوست داشتم. از بعضی‌ها بدم می‌آمد. دستم که شکست رفتم آن‌طرف خیابان. دو ماه. کم کم موزاییک‌ها جدول‌ها شکاف‌ها سایه‌ها هجوم آوردند. گاهی قانون این بود از روی چند موزاییک بپرم. گاهی پا بگذارم روی لبه‌ی سیمانی. این‌طرف خیابان مهمان بودم. گچ که باز می‌شد برمی‌گشتم به پرستو. به چتری‌های کوتاه.

باباکه مُرد سردم شد. اردیبهشت بود. کیوان گفت بریم *محله‌ی خودمون*. رفتیم تا سر کوچه. من تَرک نشسته بودم کیوان رکاب می‌زد. زورش را داشت. کیوان صبحی بود. من بعدازظهر. گاهی با ابراهیم می‌رفتم گاهی با حامد گاهی با مسعود. از هر کوچه‌ای می‌شد به مدرسه رسید. با ابراهیم از وسط پارک می‌رفتیم. با حامد از کوچه جهودها. با مسعود از پیاده‌رو؛ بی قانون بی‌سایه بی‌جدول. زمستان تا زانو برف بود. گاهی بابا می‌آمد. گاهی می‌گفت *نمی‌خواد برید*. همه می‌ماندیم خانه. ما خوشحال بودیم. مانی دمق.

بعد از پاریدو مانی دیگر نرفت زیرزمین تا روزی که رفت و نشست خواند برای پزشکی.

چینی های قدیمی. لباس‌های زمستانی. فرش‌های زیر زمین را فروختند. مس ها را فروختند. گاو صندوق را بردند خانه باباجان. دبه‌های ترشی را دادند جعفرآقا. از تهران بدم می‌آمد قهر بودم. آزادی را که دیدم آشتی کردم. تاکسی دورش چرخید. آزادی شبیه دروازه‌ای بود با آغوش باز. پیچید پایین. خانه جدید. برقان فروختیم تهران سلسبیل خریدیم. فاضلابِ همه می‌آمد توی جوبِ وسط کوچه نمی‌شد فوتبال زد. می‌رفتیم زمین خوش. طول کشید تهرانی یاد بگیرم. یک سال بیشتر. مانی و شیوا زودتر. گاهی پا را درست بین شکاف موزاییک‌ها نمی‌گذاشتم معلم درس می‌پرسید. گاهی کنار جدول، ایران‌ناسیونالی پارک کرده بود می‌رفتم از خیابان. معلم نمی‌آمد. بعد از آن دیگر می‌رفتم از خیابان. می‌شد قانون. پرستو کلاس دوم دبیرستان بود. لاغر بود و بالابلند. تمام قد کشیده بود. سینه‌هاش. هنوز مانده بود قد بکشم. تپل بودم و کوتاه. پرستو نگاهم نمی‌کرد.

دایی بغلم کرد. نه که بغل کند. ایستاده بود. دستم را انداختم دور کمرش. داشت با عاقله مردی حرف می‌زد. دستش را گذاشت روی سرم پیشانی‌ام خورد به سگک کمربندش. رعنا رفته بود دنبال شیوا. کیوان را فرستاده بودند دنبال من. بابا را برده بودند تهران برای دکتر. با محمودخان رفتیم ترمینال. بابا بغلم کرد. چیزی نگفت. مانی را بغل کرد. شیوا را بغل کرد. شهناز را بغل کرد. مانی گریه کرد. رعنا رفته بود پیش ناظم با هم رفته بودند شیوا را از کلاس آورده بودند اشکش بند نمی‌آمد. بابا را با نعش‌کش آوردند. شب گذاشتندش مسجد. صبح رفتیم خاکش کردیم. سرم گیج رفت. سردم شد. برگشتیم خانه. امان‌خان ناهار را آماده کرده بود. سینی ها را شهرام می‌آورد و مانی و سامان و کیوان و محمودآقا. دایی دستور می‌داد. باباجان و خان دایی و مهندس و

محمودخان نشسته بودند بالای مجلس *سال ۴۵ نفت بود چند؟ دو دلار بشکه‌ای. زمین برقان بود متری چند؟ کی فکرش رو می‌کرد*

پول نبود

داشتم من. ترسیدم.

شهناز بالای سر بابا درخت کاشت. تبریزی. برقان سر همه قبرها درخت کاشته‌اند. بچه‌ها دبه‌ها را پر می‌کنند می‌آورند سر قبر. پنج تومن ده تومن. پنجشنبه‌ها سوار پیکان می‌شدیم می‌رفتیم سر خاک بابا. محمودخان دبه‌های آب را پر می‌کرد می‌گذاشت صندوق. از بچه‌ها نمی‌خرید.

مانی درِ زیرزمین را بست خواند. سال آخر بود که بابا مُرد. سوم دبیرستان بود می‌رفت چهارم.

مهندس پژو آخوندی سبزش را پارک کرد. ریحانه رفت توی بغل شهناز. گریه. آیدا شیوا را بغل کرد. گریه. مهندس بوسیدم. با خانواده مادری فامیل بودند. دور. آیدا آمد بوسیدم. ریحانه آمد بوسیدم. گریه. شهرام دورتر ایستاد.

خانه سلسبیل سه طبقه بود. آپارتمان.طبقه دوم بودیم. دو خوابه هفتاد متر.پول‌های ریحانه را که برداشتم بردم قایم کردم. نمی‌شد خرجشان کرد. آقای ابراهیمی خانه را که خرید در را بست. از حیاط خودمان می‌رفتیم حیاط رعنا. بابا گیلاس و هلو و انجیر کاشت. محمودخان فقط سیب. با جعفرآقا رفتند نهال‌ها را از روستا آوردند. بعدها تاك مو و سایبان.

مانی گفت *کارت ملی ببر حتما.* پول‌ها را ریخت به حسابم. مستوفی پیدا شد.

نزدیک پله. نو ساز. رو به پارک ساعی.

سلسبیل را دادیم رهن. خیلی چیزها را دادیم رفت. بار وانت. از نو خریدیم. مبل را رفتیم یافت‌آباد. تلویزیون و یخچال از جمهوری. برای فرش رفتیم بازار. رفتیم نشستیم مستوفی.

پول نداده بودم. ناصر گفت صبر کن.صاحب خانه کانادا بود. تا برگردد سه ماه طول می‌کشید. همه پول‌ها را دادم دلار. کشید بالا. فروختم. نه مانی فهمید نه مادر. حبیبی از کانادا آمد. سند زدیم به اسم شهناز. آن‌روز که از پله ها افتادم پا رفت روی سایه درخت.

کلید انداختم. گرگ و میش صبح. آرام رفتم تو. کسی توی هال نبود. رفتم سمت اتاق شهناز. نور کمرنگ افتاده بود روی چانه‌اش. نفس راحتی کشیدم. ساک را بردم اتاق خودم. مانی و شیوا که رفتند یکی مال من شد یکی مادر. خوابیدم. شهناز کفش‌هایم را دیده بود. آمد توی اتاق. بیدارم کرد.

اومدی؟!!

دیروز مانی زنگ زده بود خوابگاه به ناصر گفته بود راه بیافتم بیام تهران.

مادر ترسید. مانی را گرفت. برنداشت.

حبیبی گفت *نصف نصف.*

هفتاد من سی شما

نه

پس همون قیمت خودتون

چهل شصت.

بستیم. سهم من شد شانزده. پول‌ها را ریختم سپرده بلند مدت. حدود هفتاد و چند. هزار هفتصد و پنجاه خریدیم دو و سیصد فروختیم. ناصر آمار می‌داد.

بفروش بخر بفروش بخر.

محمودخان گفت *خوب رشته‌ای خوندی!*

مانی گفت *صحبت کردم با سعدی. داشت برمی‌گشت نیویورک. با پلیس تماس گرفته.* خبر نداشتند. راه‌های نیویورک را بسته‌اند. سعدی توضیح می‌دهد که زنش شیوا موقع برخورد بن‌لادن به برج‌های دوقلو همان نزدیکی‌ها بوده. پلیس کسی را راه نمی‌دهد نیویورک. مادر سردش شد. با سعدی حرف زدیم. مادر گریه کرد.

مانی بلیط گرفته بود برود نیویورک. پیش شهناز ماندم.

ناصرالدین‌شاه را که می‌گفتم محمودخان کِیف می‌کرد. آب می‌رقصید. سیخ را می‌زد به تریاک و نفس را می‌داد تو. گاهی تک مصرعی یادش می‌آمد. بابا غزل می‌خواند برایش.

به به.

ناصر گفت *بمون پیش شهناز جون.*

قرار شده ناصر بره با استادها حرف بزنه غیبت رد نکنند اولِ ترمی.

مادر که می‌رفت قهر بیشتر می‌رفتم زیرزمین. با بطری‌ها چیزی می‌ساختم. گرد نبودند، مکعب. می‌گذاشتم روی هم. دلم می‌خواست دوربین بابا را بردارم عکس بگیرم. گاهی شبیه چیزی می‌شدند بطری‌ها، گاهی سُر می‌خوردند. گاهی می‌شکستند. *آخ*. مادر بطری‌ها را شسته بود. آب کشیده بود آب کشیده بود آب کشیده بود. پاییز که می‌شد لیموی شیراز. اول تابستان غوره برقان. بابا دسته‌ی دستگاه را فشار می‌داد آبِ لیمو می‌آمد آبِ غوره می‌آمد.صاف که می‌شد رعنا می‌ریخت توی بطری‌ها. هر کس سهم خودش را برمی‌داشت.

سه‌تا بسه رعنا جان من که نمی‌خورم.

می‌زد زیر خنده. دستگاه، دستگاهِ شراب گیری بود.

تُف.

سعدی برنمی‌داشت. ماهواره نبود. شبکه یک خبر کوتاهی داد. رفتیم خانه ریحانه. سی‌ان‌ان. برج‌های دوقلو. مادر دلش ریخت. سرد شد. شهرام چیزی نگفت. خیره به بن‌لادن. مهندس خیره به بن‌لادن. آیدا مادر را بغل کرده بود.

بطری‌ها سُر خوردند. شکستند. خون. پله‌ها را رفتم بالا. زیرزمین تاریک بود.

بابا گونی‌ها را پُر کرده بود گذاشته بود پشت پنجره‌های کوچکِ زیرزمین. تابستان که می‌شد بازشان می‌کرد. هوا از لای گونی‌ها می‌آمد تو. زیرزمین خنک می‌شد.

بخیه می‌خواد؟

پنج شیش تا

خدا رحم کرده.

نفهمیدم کِی بُرید. فقط خون را دیدم. پله ها را آمدم بالا *مانی مانی بابا بابا.*

سوزن را فرو کرد. چرخاند. درآورد. سوزن را فرو کرد چرخاند درآورد. سوزن را فرو کرد چرخاند درآورد. سوزن را فرو کرد چرخاند درآورد. سوزن را فرو کرد چرخاند درآورد.

شیوا عاشق غوره بود. ریحانه غوره‌های له شده را می‌جوشاند. بابا گفت *شراب امسال خوب می شه.* مهندس گفت *خطره.* محمودخان گفت *خطره.*

شیوا زنده بود. پاهایش شکسته بود. سرش. ابروها. شهناز گریه کرد. من گریه کردم. مانی رفت نیویورک.

خوب می‌شه چیزی نیست.

مانی ویزای شهناز را درست کرد رفت نیویورک. پا را آتل بسته بودند آویزان به سقف. شش ماه. سعدی لپ‌تاپ را برده بود بیمارستان. یاهومسنجر. شهناز جون کنار تختِ شیوا ایستاده بود.

چرا نگفته بودی ابرو رو؟

شیوا خندید.

شکافته که!

زیاد بوده از بس ابرو از قلم افتاده.

بن‌لادن را که انداختند اقیانوس مادر محله را نذری داد. کوبیده. مادر یک سال ماند نیویورک. من تنها. میمکیدم.

ناصر گفت غروب همه *دانشگاه رو دنبالت گشتم.*

آمادگاه بودم.

رفته بودم دنبال ظل‌السلطان. هرم گرما. بیست شهریور. کاری نداشتیم اصفهان. ناصر زنگ زد *خوابگاه هفته‌ی دیگه باز می‌شه.*

چمدان را برداشتم و پیچاندم.

چرا انقد زود؟

نگفتم می‌ترسم زاینده رود را ببندند *تِرمه دیگه. تا برم، تا واحد بگیرم.*

ناصرالدین‌شاه منتظر بود.

شهناز جون یاد گرفته بود برود شیر بخرد پنیر بخرد سِرلاک بخرد پَنپِرز بخرد *وان میلک پلیز.* مي‌گرفت می‌آمد خانه.

شیوا تا ماه‌ها فیزیوتراپی کرد. مادر گفته بود *چرا این سیاه‌پوسته؟* سعدی گفته بود بیمه *فرستاده.*

مایک شیوا را بغل می‌کرد می‌بُرد کنار پارالِل. دست چپ دست راست بعد پاهایش را راه می‌بُرد.

به هانا شیر خشک دادند. پستان‌های خشک شیوا. شهلا زنگ زد خوابگاه. رعنا زنگ زد خوابگاه. دایی زنگ زد خوابگاه. آیدا زنگ زد خوابگاه. ریحانه گفت *چه خبر از شهناز جون چه خبر از شیوا*

فیل‌ها به جلگه رسیدند

جون؟ مهندس گفته بود خوب شد نموند زیر آوار می‌افتاد گردن ما شما گفتید سعدی.

سعدی می‌گفت قراره از بیمه خوب پولی بگیرن مهندس که یک‌دستی می‌زد همه می‌فهمیدیم. جور خاصی می‌گفت. صدا می‌لرزید خیره می‌شد به دیوار.

چند ساله این بچه رفته زیر آوار ندادن که هنوز

می‌دن اینجا که نیست. قانون داره.

ارشد تمام شده بود. پول‌ها را ریختم سپرده. دلار رفت بالاتر.

میاد پایین بفروش.

شیوا کاپشن فرستاده بود. واکمن سونی. چندتا تی‌شرت ایکس‌لارج. برای آیدا کارتیه آورده بود. طلا.

بریم فرودگاه.

شهناز جون ایستاده بود کنار تسمه نقاله. چمدان‌ها چرخیدند. چمدان‌ها چرخیدند.

اون سیاهه. اون ساکه. اون طوسیه.

آیدا پراید داشت. سفید. عصر آمد دنبالم.

بیام بالا یا میایی پایین؟

اومدم.

باربند را بستیم. رفتیم بالا.

خوب تمیز کرده خونه رو

پیک می‌زنی؟

بزنیم.

ریحانه زنگ زد. چاق سلامتی. آیدا که می‌آمد زنگ می‌زد.

الکی زنگ می‌زنه آمار بگیره.

می‌خندید درست مثل شیوا. چمدان‌ها را گذاشتیم باربند. نشستم عقب. شهنازجون تا دو سه سال تعریف می‌کرد.

چهار

فردین می‌رقصید

آنشب که دزد دیوار را سوراخ کرد شهناز جون گفته بود پولاروید رو ببریم.

بطری‌ها را می‌چیدم روی هم. گاهی آفتاب می‌خورد. پولاروید را می‌گرفتم رو به نور. بطری‌ها می‌رقصیدند. عکس که می‌آمد بیرون می‌دویدم. می‌دویدم دور حیاط.

تخم سگ.

بابا برای نمره زد. شانزده. آخ. برای پولاروید نمی‌زد.

تخم سگ.

عکس‌ها را برده بود پیش مهندس. پز داده بود. پولاروید شکار دزدها نشد.

ریحانه که مُرد مادر تازه از منهتن آمده بود. برای رعنا پارچه آورده بود. برای ریحانه هیچ. برای من کاپشن. گوشی. چندتا شرت ایکس لارج. برای سارا کتانی برای پارسا اسپایدرمن.

شیوا پاشنه بلند پوشیده بود. تق تق تق. پله‌های زیرزمین. از همان پله اول افتاده بود. زیر ابرو شکافت. سوزن دوبار چرخید.

برای پای چپش پروتز گذاشتند برای پای راست آتل. سنگ افتاده بود روی شیوا.

خدا رحم کرده.

خوب شد نمُرد می‌افتاد گردنمون.

هانا دست مامی را می‌گرفت می‌بُرد سِنترال پارک. دور نمی‌شدند. تاب می‌خورد. لیز می‌خورد. برمی‌گشتند.

وان میلک پلیز.

خانه منهتن بزرگ بود. شهناز پایین می‌خوابید. شیوا و سعدی بالا.

Mama Mama upstairs

دست شهناز را می‌گرفت می‌کشید سمت پله‌ها.

upstairs

پاهام.

Honey Hana I told you befor don't badger her!

ریحانه زانو را عمل کرده بود. پروتز.

خبر نداشتم.

روز دربی که زنگ زد دلم می‌خواست بروم بالا. ریحانه را بغل کنم. دلخور بودم.

آیدا گفت دوستت ندارم. شبنم گفت دوستت ندارم.

ولیعصر را آمدیم بالا. شبنم رفت خوابگاه. امتحان داشت. چندماه بعد عروس شد چند وقت بعد جدا. ما رفتیم خانه‌ی فیل‌ها. ریحانه ده کیلو سبزی خریده بود. از صبح افتاده بودند به جانش. روز توپخانه کسی نیامد.

بریم؟

امروزم می‌رید؟

شبنم ناهار آمده بود. ماکارونی. رفتیم صادقیه. مترو.

کیوان زنگ زد

"رعنا"

با اتوبوس می‌رفتم برقان. ده ساعت. با اتوبوس می‌رفتم اصفهان. هفت ساعت. ارشد که تمام شد شیوا پول فرستاد.

پرشیا سفید. رفتم ایران‌ناسیونال. تنها.

با پول دزدی خریده.

فردا بریم دکتر قلب. فردا بریم دکتر دست. فردا بریم دکتر پا. فردا بریم معده.

تابلوی سیاه را گذاشتند بالا سر رعنا. کیوان گریه کرد. من گریه کردم. فسنجان رعنا حرف نداشت. کوفته قلقلی.

به به.

پولاروید را آویزان کرده‌ام به دیوار.

ناصرالدین‌شاه فیگور می‌گرفت. عکاس باشی می‌چلاند. سفر دوم فرنگ بیشتر خوش گذشته بود. مهدعلیا از بلاد روس جلوتر نرفت. ناصرالدین‌شاه در پاریس رقصید. زن‌ها.

کنار رودخانه نشستم. هنوز آب داشت. ناصر تمام دانشگاه را دنبالم گشته بود. هر وقت دلم می‌خواست همه را می‌پیچاندم. بی‌خبر.

رفتیم صد پرس کوبیده آوردیم. شیوا زنگ زد. پنجاه پرس بردیم سلسبیل. عقب پرشیا را پرکردم. شهناز نشست جلو. رباب خانم گفت خدا قبول کنه. سکینه خانم گفت خدا قبول کنه. معصومه خانم گفت خدا قبول کنه. بتول خانم گفت خدا قبول کنه. شهناز جون یکی یکی درها را می‌زد کوبیده‌ها را می‌داد. تا چهار پنج سال پیش همینجا بودیم. همه آشنا. همساده.

رضا گفت مبارکه پرشیا.

مخلصیم

رفتی بالا دیگه حال نمی‌کنی باما

مخلصیم

شیوا خانم شنیدم بهتره

بهتره

تلفن کرد سلام برسون.

مایک پاها را بغل می‌کرد یکی یکی راه می‌برد. ماساژ می‌داد.

نمی‌شد زن بفرستن؟

شیوا خندید.

فرقِش چیه شهناز جون!

مَرده آخه سیاهه

فرقش چیه شهناز جون.

پاهارا روغن می‌زد. از پشت پاشنه شروع می‌کرد می‌آمد بالا.

جِین دو پیمانه شیر خشک می‌ریخت روی آب ولرم. هم می‌زد. شهناز شیر را می‌گذاشت دهان هانا.

حیف شیر خودت.

پولِش رو از بیمه می‌گیرم.

عصرها با جِین، هانا را می‌گذاشتند داخل کالسکه. چند بلوک این‌طرف چند بلوک آنطرف. آپارتمان کوچک بود. شاید اندازه آپارتمان سلسبیل.

سعدی گفت *خونه منهتن رو که خریدیم چیزی نموند. وام گرفتم.*

سال شصت و چهار یا باید می‌رفت سربازی جبهه یا دَرمی‌رفت. قاچاقچی با صد هزار تومن رسانده بودش ترکیه.

فیل‌ها به جلگه رسیدند

دو سال یو اِن بودم.

کمیته خیابان‌ها را می‌چرخید. سربازگیری. هر جوانی را می‌دیدند صدا می‌کردند. کارت می‌خواستند.

نداشتی می‌بردند خط مقدم.

پدر سعدی معمار بود. دوست مهندس.

ریحانه گفت پسر خوبیه.

سنی نداره شیوا هنوز. تازه دانشگاش تموم شده.

سعدی ۴۲ بود. شیوا ۵۶.

نه.

مهندس پادرمیانی کرد. عکس‌ها را نشان شیوا داد.

آمریکا.

شهلا شهین رعنا محمودخان شبنم پریسا. همه رفتیم فرودگاه. پژو آخوندی جلو می‌رفت، پیکان سفید عقب. شیوا که رفت همه گریه کردیم. سعدی اینجا مهندسی خوانده بود. آنجا تاکسی. مهندس گفت بخت یه بار در خونه آدم رو میزنه. آمریکا.

پولاروید را قایم کرده بود زیرزمین. لای چینی‌ها. دزدکی برداشتمش بردم کوچه. عصر بود. بچه‌ها می‌خواستند یار بکشند برای فوتبال.

مزدک با من.

همه کنار هم ایستادیم. ده نفر. ابراهیم از همه بلندتر بود. ترکه‌ای.

سیییب.

باباش دکمه را چلاند.

ایستادم دروازه. پولاروید را گذاشتم کنار تیر چراغ برق. آنطرف. گل زدیم. گل خوردم. گل زدیم گل خوردم.

ببند لایی‌ت رو.

شهرام شوت کرد پریدم. مسعود شوت کرد. حامد شوت کرد.

برخورداری همه را دریبل می‌زد. زمین خوش. از راست از چپ لایی کشویی یه‌پا دوپا. می‌رقصید با توپ. شهرام شوت کرد گرفت به پای کیوان کمانه کرد خورد به پولاروید.

تخم سگ!

با محمودخان که رفتند تهران پولاروید را بُرد تعمیر. روز اول رفته بودند بازار. پارچه. روز دوم ایران‌ناسیونال.

چرا تعمیر نکردی؟

مگه آمون داد محمودخان!

پولاروید ماند توی چمدان. ابراهیم که تیر خورد عکس را دادم اسکن. بزرگ چاپ کرد روی شاسی. چندتا هم کوچک. پست کردم برای کیوان.

بابای ابراهیم گفت چرم خالص. ایتالیا. دست‌هاش را گرفتم از پله‌ها آوردم پایین. سوز سرما. محله همان بود که بود. همسایه‌ها همان. فقط ما فروخته بودیم و مهندس. آقای ابراهیمی درِ دیواری را با آجر بسته بود.

فیل‌ها به جلگه رسیدند

محمود آقا اگه اجازه بدید این در رو ببندیم.

صاب اختیارید.

در بسته شد. حیاط خانه ما با حیاط خانه رعنا یکی بود. از همان در کوچک دیواری. اول مانی آمده بود بعد شهرام. جنینی مُرده بود. بعد شیوا. رعنا خندیده بود. بعد پریسا. بعد من. جنینی سقط شده بود. بعد آیدا. بعد شبنم. رعنا خندیده بود.

ریحانه پادرمیانی کرد.

شهرام گفت چرا سعدی؟

ریحانه گفت چی زیاده دختر.

ولیعصر را آمدیم بالا. پنجشنبه تظاهرات سکوت نبود. عده‌ای شعار می‌دادند. نیمکتهای سنگی تئاتر شهر کیپ تا کیپ نشسته بودند. شبنم گفت بریم؟

ایستادیم. شعار دادیم. کسی آرام زد به شانه‌ام. برگشتم. ناصر بود. بهت بود و سکوت فقط. دستهاش را باز کرد. بوسیدیم. مچ‌بند سبز. بوسیدیم.

خانمم هدی

خوشبختم.

گپ و گفت طولانی. سالهای دانشگاه. زندان. انصراف. احوال دوستان. شماره‌ام را گرفت میس می‌ندازم.

ما رفتیم بالا. انها رفتند شرق.

۸۲

آیدا گفت چرا آشتی کردی؟

آشتی نکردم.

بوس و بغل؟

نیم ساعته دارید می‌خندید!

یهو شد

دیگه دوستت ندارم.

شبنم هم از ماجرای ناصر خبر داشت دیگه دوستت ندارم.

سفر دوم پولاروید را دادم شهناز ببرد آمریکا. کاپشن. گوشی. تی‌شرت. پولاروید. اسپایدرمن. دو سه ماه منهتن بود دو سه ماه برلین. باهار رفت. پاییز آمد.

دعوت‌نامه می‌فرستم تو هم ویزا بگیر بیا.

دلم نمی‌خواست باشه بفرست.

مدارک را ناقص دادم به سفارت‌خانه. ویزا رد شد.

سخت شده نمیدن دیگه.

من اینجا وکیل می‌گیرم.

نمی‌خواد پول خرج کنی. نمی‌دن.

شش ماه را ماندم مستوفی. تنها. سارا گفت بریم بام. کتانی‌ها را پوشیدیم. پارکینگ غلغله بود. پیاده رفتیم تا اولِ ایستگاه. بلال خوردیم. برگشتیم. سارا بالابلند بود و لاغر. موهای کوتاه.

ناصر گفت بد به دلت راه نده. دلم آشوب بود. بغل کردیمبوسیدیم. برگشت خوابگاه. سارا میوه‌های تابستانی را شسته بود. تعارف کرد. برداشتم. شاگرد راننده آب آورد.تخمه تعارف کرد. برداشتم. اتوبوس دلیجان نگه داشت.

شما پیاده نمی‌شین؟

بریم.

کیفش را داد دستم نگه دارم.

مسافرین تهران مسافرین تهران ایرانپیما سوار شن.

خزانه پیاده شدیم. با اتوبوس آمدیم انقلاب. من رفتم سلسبیل سارا رفت عباس‌آباد.

گوشت چرخ کرده بگیریم و قارچ. فلفل دلمه. پنیر. خمیر پیتزا.

به به.

بچه‌ها آمدند. پیک زدیم. پیتزا خوردیم.

شب می‌بریم یا با ناصر برم؟

می‌موندی خب

پارسا از صبح تنهاست

فردین می‌رقصد

مامانت که هست

گناه داره.

با ناصر رفت.

فردا کجا رای می‌دی؟

رای نمی‌دم

برو بده.

ناصر گفت منم نمی‌دم. زد زیر خنده.

تو کاری نداشته باش به این، برو بده.

دور تا دور حیاطِ مدرسه ایستاده بودند صف. همه جوان. همه شیک.
چند نفری با مچ‌بند سبز.

سارا گفت چه جراتی دارن اینا.

مانی رفته بود پیش شیوا پیش شهناز پیش هانا. اسکایپ کردیم. همه
منهتن بودند. دور هم.

هانا خیره شده بود به من Moustache Moustache

ریش‌ها را زدم ماند سبیل‌ها.

سعدی خندید.

سارا داشت اخبار گوش می‌داد برای خودش.

لاغر شدی؟

۸۵

چاق شدم

همه چیز بود فریزر. گوشت مرغ

می‌پزم

پیشته؟

آره داره اخبار می‌بینه

سلام برسون

سارا گفت سلام.

شهناز برای سارا کتانی آورد. برای پارسا اسپایدرمن.

پلاروید را سعدی برده بود پلاروید. گفته بودند باید ببینیم.

گفتم باشه.

پلاروید را گذاشته بودند داخل کیف چرمی. کرم و قهوه‌ای. دکمه داشت می‌بستی باز می‌کردی. شهناز گفت داشت خودش دزد برد. دزدی آنشب کمر بابا را شکست.

"روفتن"

یک‌دو جین هم متریال فرستاده بودند. جوهر کاغذ تی‌شو. آویزانش کردم به دیوار. دکمه را باز کردم تا زدم زیرش. پولاروید روی دیوار می‌درخشید.

پارسا را بردیم اِرم. تِرَن. عید هفتاد و چهار با محمودخان شبنم و رعنا. سورتمه سوار شدیم. ترن نه. پیچ می‌خورد. سارا دست تکان داد. من

ندیدم. ترسیدم. ترسید. رعنا دست تکان داد. پارسا خزید در آغوش سارا. من در آغوش رعنا.

پارسا فرنچ‌فرایز و سوخاری.

من همبر.

مغز و زبان

خب پس منم مغز و زبان.

شهناز تاسکباب را با لیمو عمانی درست می‌کرد رعنا با جوهر لیمو. مهندس باخت. محمودخان تخته را بست بالِش را کشید زیر سرش. رعنا پررنگ ریخت.

این همه ملت

تازه عیده خلوته.

از وقتی بابا مُرده بود نمی‌گفت شهناز جون می‌گفت زن داداش. ردیف شدیم لب باغچه. دست‌ها جلو کمر خم. رعنا اول روی دست همه آب ریخت.صابون چرخید. شیوا تاسکباب خورد. رعنا تاسکباب خورد. شهرام کتلت. ریحانه کتلت. محمودخان کتلت. من هم تاسکباب خوردم هم کُتلت. مهندس گفت به‌به. پریسا اخم‌ها را کرده بود تو هم.

پارسا فیله‌ها را بلعید. سس قرمز. فرانسه.

مغز و زبانه چه چسبید ها!

ماشین برقی ماشین برقی.

صف کوتاه بود. پارسا بغلم کرد. سرعت می‌رفتیم. می‌زدیم به هم به دیوار. سارا می‌خندید.

مادر گفت دعواتون شد؟

نه به اون صورت

بگو اینا رو شیوا فرستاده

با پیک می‌فرستم

خودت ببر.

کنترل دست مادر بود این کانال آن کانال

"هیئت ایرانی در برلین. جان کری. شیرهای آفریقای مرکزی. طناب رو بکش بالا. مرد مُرده افتاده بود کنار پیاده‌رو. که امشب شب عشقه که امشب شب عشقه"

رفتیم سر خاکِش

چرا نگفته بودی!

با مانی رفتیم.

از نیویورک اول رفته بودند لس آنجلس. ماشین گرفته بود. رفته بودند بورلی هیلز هالیود. محله ایرانی‌ها. اعیان. اشراف. مانی قیمت پرسید.

دُورت بگردم.

دکتر بود فوق تخصص جراحی قلب. معافی را محمودخان کمک کرد. کفالت. آشنا داشت.

شهناز گفت نیم *پهلوی نوش جونش*. بورس که گرفت خان دایی سور داد. رعنا نذر کرد. پریسا نذر کرد. شیوا نذر کرد. فرانک شد زن مانی. پریسا شد زن محمود. آمدند تهران. سازمانی‌های انتهای بابایی. رعنا می‌گفت جناب سرهنگ. محمودخان می‌گفت سرهنگ. مهندس و ریحانه محمود جان.

مانی که رفت پریسا گیج شد. بابا که رفت من گیج شدم. اوایل خوب بود انگار. تهران که آمدیم سخت شد.

بابات کارش چیه؟

شغل همه پدرها را می‌پرسید.

آزاده

آزاد چی؟

آزاد دیگه

نمی‌گفتم بابا مُرده.

بابا کارمند بود. بازخرید که کرد گاهی می‌رفت جنوب پارچه می‌آورد. قاچاق نبود. اذیت می‌کردند. می‌گشتند. می‌پرسیدند. بابا قیدش را زد. آب رقصید.

ماموره همه پلاستیک‌ها رو کند بارون بود گفتم نذار رو زمین خیسه مسلمون.

گوش نکرده بود. قایم زد گوش مامور. بابا را برده بودند پاسگاه. محمودخان رفت دنبالش. محمودخان آشنا داشت. پارچه‌ها را می‌آورد پخش می‌کرد توی بازار برقان.

پولِش خوبه ولی نمی‌ارزه به این همه راه این همه زحمت

سخت نیست زدی تو گوش مامور دولت.

شهناز گفت یخچال تازه.

بابا گفت ندارم.

فرانک گفت عکس می‌گرفتی لااقل

هست تو سایتش

خونه‌ها همه ویلایی. دوبلکس. حیاطِ بزرگ.

می‌خوای بیایی اینجا؟

برا بازنشستگی.

فرانک همه عکس‌ها را پرینت گرفته بود. چیده بود روی کانتر.

این نزدیکِ محله ایرونی‌ها بود. این خیلی دور بود. این نزدیک دریا بود. این. این.

مستقیم پرواز کردند برلین.

پارسا اسپایدرمن را پوشیده بود. سارا عکسش را فرستاد.

شهرام زنگ زد.

فردین می‌رقصد

"ریحانه"

رفتیم برقان. تابلوی سیاه را گذاشتند بالای سر ریحانه. شهرام گریه کرد. رعنا گریه کرد.

سارا رفته سراغ موبایل

چَت‌هامون رو خونده؟

ناصر با هُدی آمدند. پیک زدیم. پیک زدیم. پیک زدیم. پیتزا خوردیم. سارا با ناصر رفت.

فرانک بچه دوم را حامله بود. مانی فرانک را اینجا دیده بود. پارتی. بالابلند بود و لاغر. هم‌قد مانی. سال بعد مانی برگشت فرانک را عقد کرد. رفتند برلین. نیما بدنیا آمد. مادر رفت آلمان. با آیدا رفتیم فرودگاه مهرآباد. آیدا خوب بود. منم خوب بودم.

کاش می‌شد سیگار بکشیم

بکش خب

شهناز رو می‌بوسیم زشته

تازه دَهِه.

آزادی ایستادیم. پاهایش را باز کرده بود.

دو نخ وینستون.

کشیدیم. برای آیدا کارتیه آورده بود. *طلا*. قلاب واکمن را می‌زدم به کمربندم.

"پرنده‌های قفسی"

اول می‌رفتم سی‌پل بستنی زعفرانی. گاهی می‌رفتم راست. گاهی چپ. از راست می‌رفتم تا خواجو. از چپ می‌رفتم تا مارنان.

نعش‌کش جسدها را برد کوچه‌ی همسایه. تصادف. خودش کوچک بود. باباش بزرگ چاق. روی زمین درازشان کرده بودند. با کفن‌های سفید. کیوان گفت *بُدو*. دویدم. ابراهیم نیامد. با کوچه همسایه قهر بود. کیوان از لای جمعیت خودش را رساند به جسدها. از لای جمعیت خودم را رساندم به جسدها. پدر و پسر. چه شیونی.

کیوان داد می‌زد پشمک.صبح زود باید می‌رفتیم. قبلِ گرما.

تا ده یازده نفروشید آب میشه‌ها.

ظهر هُرم گرما بود.

برخورداری همه را دریبل می‌زد. از چپ از راست. انتخابش کردند برای نوجوانان منطقه. انتخابش کردند جوانان شهر. انتخابش کردند برای جوانان استان. رفت سربازی. رفتم اصفهان. ناصرالدین‌شاه در سفر دوم فرنگ بیشتر عیاشی کرد.

رمضانزاده هم نمی‌دانست بابا مُرده. گفت بِکن. کندم. پول خودم پول رعنا پول ریحانه.

پا گذاشتم روی سایه *مختاری گم شو بیا اینجا*. بلندگو سوت کشید. خواباند زیر گوشم. سایه افتاده بود روی برف. برف آب شده بود. کفش داشتم. پوتین نه. مجبور شدم پا گذاشتم روی سایه. خواباند. آخ. پول‌هاي نو را فرستادیم برای جعفرآقا. کیفَش را انداخیم سطل آشغال.

گفتم شَر می‌شه.

پانصدیِ رعنا را دادم دستکش. پرستو خانه‌شان پارک باباییان بود. قبرستان ارامنه. ما سلسبیل بودیم. هفت که راه می‌افتادم سر مرتضوی می‌خوردیم به هم. نگاهم نمی‌کرد.

هشت سالم بود که بطری ها شکست. آفتاب که می‌خورد نور می‌پاشید بیرون. شیشه را چرخاندم. پلاروید را تنظیم کردم. چلاندم. عکس آمد بیرون. دویدم توی حیاط. چرخیدمچرخیدمچرخیدم. نور بد بود. عکس بد بود. خزیدم زیرزمین. آفتاب چرخیده بود. نور کم. رفتم توی حیاط. یکی از گونی‌ها راکشیدم. نیامد. کشیدم نیامد. بابا پرشان کرده بود خاک
مانی مانی مانی

با مانی کشیدیم. نور پاشید. بطری را باید کمی جابجا می‌کردم. بطری‌ها شکست.

پنج شیش تا بخیه.

زیر انگشت شست بُرید. من داد زدم *مانی*. مانی داد زد *بابا*.

فرانک گفته بود *شهناز جون ببخشید پَمپِرز رو میدی*.

مادر لب ورچیده بود. بعد از آن نرفت برلین تا سال‌ها تا سفر دوم آمریکا.

"مرگ بر آمریکا"

رضا عاشق شیوا بود. شیوا از رضا متنفر. نذری‌ها را دادیم.

یکَیم بده ببرم واسه نادر

فیل‌ها به جلگه رسیدند

کجاست؟

افتاده

کجا؟

رفته *بریانک یه چهل متری اجاره کرده*

زنش؟ *بچه‌ش؟*

زنه *ول کرد رف. بچه مونده پیش ننِ آغاش.*

دوتا دادم.

سلام *برسون بهش.*

شیوا شیرش خشک شده بود. سعدی وکیل گرفته بود برای غرامت برای بیمه.

فرانک گفت *وای نازی گربه*. نیما گفت *استخر*. مینا گفت *هانا*. سعدي گفت همه بگید *سیب*. دوربین چشمک زده بود. خودش پریده بود کنار شیوا.

عکس‌*ها رو ایمیل کن.*

مینا که دنیا آمد شهناز نرفت. مانی زنگ زد.

دو ماه دیگه بچه میاد بیا شهناز جون

مادرِ خودش بره.

نرفت.

فردین می‌رقصد

پروین خانم رفت با آقای عیار. پاسپورت آلمان داشتند.

دختره

سالمه؟ تپله؟ اسمش رو چی...؟

مینا.

شیوا زنگ زده بود. تازه برگشته بود سرِکار. عصا را گذاشته بود کنار.
لنگ می‌زد ولی. دکتر گفت پای راست کوتاه تر شده.

مبارکه

مرسی

سالمه؟ تپله؟

مینا

سلام برسون به پروین جون آقای عیار.

نیما گفت عمو نمیایی.

میام

بیا پی‌اس بازی کنیم.

مدارک را ناقص دادم. ویزا رد شد.

مانی پول را فرستاد صرافی. شهناز را بردم کل یوسف‌آباد را گشتیم.
گفت اینجا. صد متر دو خوابه. مانی گفت می‌فرستم. شهناز اول رفت

منهتن بعد مانی بُردش برلین. آخر احمدی‌نژاد بود. مملکت وِل. دلار رسید چهار و سیصد.

برخورداری لایی انداخت. توپ را برداشت *از راست بکش*. کشید. رمضانزده بلند شد هِد زد.

"نادر برخورداری با شماره بیست و سه از زمین خارج و به جای ایشان"

رفته بودیم امجدیه. جوانان. نادر بلند شد هد زد. رمضامزاده گفت بکَن. کندم. کالباس ترشیده. با گوجه ترشیده با خیارشور ترشیده.

سارا همه‌ی چَت‌ها را خوانده بود. لباسش را پوشید وسایلش را جمع کرد. نشست روبروی تلویزیون. مییوت. سیگارش را روشن کرد.

یکی هم بده من.

کشیدیم در سکوت. رفت.

پیک گرفتم. کادوها را فرستادم. زنگ زده بود به مادر. روزهای دانشگاه را می‌دانست. روزهای ناصرالدین‌شاه را.

تشکر کرد سلام رسوند

چیزی نگفت؟

نه.

اسپایدرمن را کرده بود تن پارسا. عکسش را فرستاده بود فیس‌بوک.

حتما گذاشته پیجش

آنفردِش کردم

چرا؟

هُدی گفت بشینید حرف بزنید درست می‌شه. ناصر گفت بشینید حرف بزنید درست می‌شه.

هُدی می‌دونه؟

نه

می‌دونم بابا.

زد زیر خنده. زدیم زیر خنده. هدی رفت با سارا حرف زد. نیامد. ناصر. نیامد. خودم رفتم. نیامد. هیئت ایرانی رسیدند برلین.

رمضانزاده پرچم داشت. رفتیم ایستادیم سر آزادی. سرد بود. مینی‌بوس ها همه پُر. دِربی بود .

محرمی زد گوش امیرقلعه. شاهرودی کشید زیر پای ممد تقوی.

صندلی ها پرت شدند توی آسمان.

"فرشاد خاک تو سرت با این طرفدار خرت"

"اس‌اسی وحشی شده اس‌اسی وحشی شده"

دور دور عابدزاده بود. گرمکن سفید پوشیده بود.

"عقاب آسیا کیه؟"

گل دوم را خورد.

"سوراخ آسیا کیه؟"

شاهرودی تکل زد از پشت تقوی افتاد. دعوا بالا گرفت. داور سوت زد. کارت دوم قرمز بود.صندلی‌ها رفت هوا. رمضانزاده دستم را کشید. تا آخر تونل دویدیم. سرازیری کیپ تا کیپ آدم بود.

“*شیر سماور*”

شنبه زنگ زدم به آیدا.

نری بیرون ها امروز

نمی‌رم

سر سنگین شدی!

مایکل اُوِن توپ را برداشت از راست تو در داد. ناصر گفت *اینو بلند کنیم؟* با چانه‌اش تلویزیون را نشان داد. بکهام به توپ نرسید. گوش تا گوش نمازخانه زل زده بودیم به تلویزیون. چراغ‌ها خاموش بود. نور می پاشید توی صورت‌هامان.

گفتم *نه!*

چرا؟

نمی‌شه ردش کرد

از تراس اتاق گورزی

از اون تو چه جوری می‌کشیش بیرون؟

قفل رو می‌بریم

نمی‌شه ناصر!

می‌شه.

گری نویل خطا کرد.

با ناصر موتور یخچال‌های خوابگاه را باز می‌کردیم می‌گذاشتیم توی ساکِ سفر می‌زدیم بیرون.

می‌رفتیم شاهپور پایین.

پشمک پشمک شیرین!

پشمکی!

کیوان عاشق دست‌ها شد. موهای مشکی چشم‌های سبز. قد بلند بود و چهارشانه. کت شلوار طوسی. یقه دیپلمات. راننده در را باز کرد شهرام شماره‌اش را داد.

خدا رحمت کنه.

اشاره کرد بروم کنارش. نشستیم عقب.

سر نمی‌زنی!

گرفتارم.

ماشینی از عقب بوق زد بیافت راه.

راننده داد یک.

چه گرفتاری‌ای مسلمون!

تو هم خب کم گرفتار نیستی

فیل‌ها به جلگه رسیدند

نه بابا تو بیا سر بزن من اصلا گرفتار نیستم

چشم

شهناز خانم چطوره؟

خوبه

نشد ببینمش زنونه بود سلام برسون امشب بیا پیش ما به بچه‌ها هم می‌گیم بیان

دمتم گرمه فردا شب امشب قول دادم به عمه رعنا

بگو محمودخان.

زد زیر خنده.

باشه فردا شب.

کیوان عاشق دست‌ها شد. ظهرها کارتن پشمک را از من می‌گرفت راهی‌ام می‌کرد خودش می‌رفت دنبال دست‌ها. کیوان دست‌ها را گرفت. امیر علی امیر یاسین. دست‌ها.

وانتی آمد تو. بابابزرگ گفت کیوان کو؟

نمی‌دونم.

وسط حیاط فواره گذاشت. آب از دهانش می‌پاشید توی حوض. تمام حیاط موزاییک.

من ایستادم کنار در نمازخانه. ناصر چهارپایه را گذاشت زیر تلویزیون. دور تا دور میله بود با قفل. من کشیک دادم. سه و نیم نصف شب.

کتاب و جزوه را پهن کرده بودیم کف. الکی.رد گم کني. بیست دقیقه ارّه می‌کرد. هیچ کس نیامد. در قفس را باز کرد تلویزیون را در آورد. دویدم.

بدش من.

بردیم داخل کردیور. هیچ کس نبود. رفتیم اتاق یازده. از تراس دادیم بیرون. اتاق رفقا بود. علی گورزی همت شیرپنجه و غلام.

مانده بود حراستِ در اصلی خوابگاه. قایمش کردیم داخل بوته‌ها. ناصر ایستاد کشیک من رفتم خوابگاه دختران تاکسی دربستی بگیرم.

آیدا گفت با ناصر قرار گذاشته بودی؟

دیدی که اتفاقی شد

دروغ می‌گی

دروغ نمی‌گم.

صدای رگبار آمد.صدای تیر.

شهناز گفت *امروز نمی‌رید بیرون.*

سختت نیست هر روز یخه دیپلمات وکت و شلوار؟

کیوان خندید. راننده خودش را زد به نشنیدن. پیچید راست.

جلو نرو لطفا.

جوان بود. کت و شلوار کِرِم‌قهوه‌ای. ایستاد کنار خیابان.

فردا شب نپیچونی

میام.

صبح رفتیم سر خاک ریحانه. تابلوی سیاه بالا سرش بود. گلها راگذاشته بودند روی خاک. خاک اندازه تن آدم می‌آید بالا. انگار جنازه درست زیر دست آدم است. خاک‌ها را که بزنی کنار عزیزت می آید بغلت.

بابا را که خاک می‌کردند دور ایستاده بودم. گیج بودم. دایی دستم را کشید آورد جلو. روی کفن را باز کرده بودند. بابا مُرده بود. بابا با ریش‌های چند روزه آن جا بود. چشم بسته. دهان بسته.صورت سفید. کبود. بابا مُرده بود. گیج شدم. سردم شد .

سنگ‌های سیمانی را از ته می‌چینند. هر سنگ را که می‌گذارند قلبت می‌ریزد. آخرین سنگ را که می‌گذارند آخرین باری ست که عزیزت را می‌بینی. قلبت مچاله می شود. روی بابا را بستند. قلبم مچاله شد. خاک ریختند.

کیوان دستم را کشید. از لای جمعیت. باباجان و خان دایی، مهندس محمودخان محمودآقا و ساسان و سامان و شهرام و مانی ایستاده بودند. مانی اشک می ریخت به پهنای صورت.

دربستی راگرفتم آوردم. غریب بود.

این دخترای خوابگاه خوب چیزایین

برو راست.

ناصر ایستاده بود. کنارش نگه داشتیم. تلویزیون را کول کرد انداخیم صندوق عقب. حراست گذربند را داد بالا. مرد چاقی بود با عینک ته استکانی. ناصر آمار نگهبانی را در آورده بود از قبل.

این تلویزیونه مال کجاست؟

مال خودمونه!

پس چرا نصف شبی!

بلیط نیست.

دور زد به سمت ترمینال صفه. تلویزیون را کول کردیم.

می‌بردیم جامی می‌فروختیم!

تلویزیونُ می‌خوام ببرم واسه داداشم.

نشسته بودیم روی نیمکت‌های برِ خیابان. ترمینال بسته بود تا هفت صبح. سیگار فروش لب اتوبان ساندویچ هم داشت. بندری. کوکا. سیگار.

من برم.

یزیدتو!

ماندم. روی نیمکت‌ها خوابمان برد. دربستی برگشته بود خوابگاه. به نگهبان گفته بود. پلیس آمده بود بالا سر مان.

تلویزیون را برگرداندند داخل قفس. ناصر گردن گرفت. هر دویمان را بردند دستگرد. اول سرمان را تراشیدند. موهایم بلند بود. می بستم گاهی. ماشین لای موها گیر می‌کرد.

ریش رو نزن

بند دوم جوانان. همه مواد، قتل و دزدی. دزد بودیم. سه‌شنبه روز تلفن بود. به رعنا زنگ زدم. محمودخان با مهندس آمدند اصفهان.

قاضی سند قبول نکرد.

محمودخان و مهندس سه چهار هفته‌ای ماندند اصفهان. رفته بودند هتل. مانی وکالت داده بود برای سند خانه‌ی سلسبیل. شیوا و مادر هم باید امضا می‌کردند.

بهتره شهناز جون نفهمه.

قاضی همه امضاها را می‌خواست.

ترمینال بسته بود تا هفت صبح.

محمودخان سند مغازه را آورد.

ناصر ماند تو. دانشگاه یک ترم به من تعلیق داد به ناصر سه ترم.

سه روز ماندیم قرنطینه. بعد فرستادنمان بند. کف خواب. دمپایی‌ها را گذاشتیم زیر سر تا صبح کیپ تا کیپ قلب و پشت.

محمودخان گفت این پسره ناصر کیه؟

مهندس گفت دُورِش رو خط می‌کشی از این به بعد.

فردین می‌رقصد

مانی زنگ زد.

دورش رو خط می‌کشی از این به بعد.

مزدک بی‌تقصیر بوده رعنا جان.

شهناز جون نفهمه ریحانه نفهمه شیوا نفهمه.

دلم می‌خواست بگویم آیدا نفهمه.

شبنم زنگ زده بود به رعنا. شوهرش فرم‌ها را گذاشته بود روی میز.
پیکان سفید راه افتاده بود تهران. آمدند خانه ما.

ریحانه نفهمه.

محمودخان رفته بود حمام. همه‌ی فاضلاب می‌ریخت توی کوچه الا
مستراح. ظهر بود. کوچه خلوت. چندتا از همسایه‌ها جمع شده بودند
جلوی خانه ما. دو تکه‌گُه از لوله‌ی ما آمده بود توی جوب وسط کوچه.
قشقرق به پا شد. گردن نگرفتیم. رباب خانم خاک‌انداز آورد جمع کرد
برد ریخت مستراح حیاط. محمودخان خودش را خشک کرد.

رعنا جان سشوار.

رعنا جان محلش نگذاشت. موها را خشک کرد آمد بیرون. ریش‌ها را
زده بود. سه تیغ. گُه وسط کوچه. کسی به روی محمودخان نیاورد. چند
ماه بعد دادیم رهن رفتیم مستوفی.

داماد محمودخان نه دلیلی گفت نه شکایتی کرد. فرم‌ها را پرکردند مهریه
را نقد واریز کرد. جهاز شبنم را بار کامیون فرستادیم برقان.

محمودخان گفت فوتبال ندیدیم.

فیل‌ها به جلگه رسیدند

جان کِری رسید. بالابلند بود و لاغر. با عصا.

محمودخان گفت فیلمشه شنود جاساز کردن تو عصا.

آب رقصید. نفس را داد تو.

این بهتره یا اشتون؟

دودها را داد بیرون نگاه کرد.

شبنم خندید من خندیدم.

پنج

هایده

باباجان می‌گفت *سیبیل کَن* خان دایی می‌گفت *سبِل جان*. اوایل ویدئو بود بعدها سی‌دی. سامان می‌آورد. می‌نشستند پای تلویزیون. زمستان‌ها شراب می‌خوردند تابستانها آبِجو. دست‌ساز. دایی می‌رفت زیرزمین انگورها را دان می‌کرد چرخ می‌کرد. خمره‌های گِلی سبز پُر می‌شد. شراب را می‌ریختند تُنگ. باباجان از اروپا آورده بودش. کریستال بود خوش تراش. باباجان که مُرد خیلی چیزها کِش رفتم. کتاب‌ها تمبرها کریستال پیپ. کسی دنبال این‌ها نبود. مانده بودند بی‌صاحاب.

باغ سیب

ملک وسط شهر.

در حیاط را بازگذاشته بودند ماشین عروس بیاید تا دم پله‌ها. بنزیشمی. دایی داده بود گل زده بودند. برقان روبان می‌زدند و گل شیپوریِ سفید و صورتی. کاپوت یشمی را رز قرمز و سفید گذاشته بودند به شکل قلب. دایی طرحش را داده بود. جعفرآقا گوسفند را زد زمین. امان‌خان اسفند. مرسدس آمد تو. خاله‌ها می‌رقصیدند. فلاشرها روشن. مادر نرقصید.

ایستاده بود همانجا دست می‌زد. مردها دورتر ایستاده بودند. به پله‌ها که رسید باباجان جلو رفت خان‌دایی جلو رفت.

عروس چقدر قشنگه ایشالا مبارکش باد دوماد چه

باباجان بیستی ریخت خان‌دایی دهی. کیوان را بُرده بودم. دعوت نبودند. کیوان شمرد *پنج‌تا* بیستی *هفت‌تا* دهی. سامان شمرد *چهارتا* بیستی *هفت‌تا* دهی. شهرام شمرد *سه‌تا* بیستی *دوازده‌تا* دهی. من سه تا بیستی سه‌تا دهی. ساسان هیچ!

ناهار چلو مرغ بود و سوپ. انتهای حیاط اجاق درست کرده بودند. با آجر و گِل. چوب می‌ریختند. دیگ‌های چلو دیگ‌های مرغ دیگ‌های سوپ. نذری که می‌دادند دیگ‌های پلوعدس. از دَه و یازده جماعت می‌آمدند می‌ایستادند دم در به صف. راس دوازده باباجان صلوات می‌فرستاد. خان دایی در دیگ را می‌زد کنار دست می‌تولاند لای پلوها و کمی برمی‌داشت از همانجا می‌چرخاند دُور همه، آخر دور خودش. پلوها را برمی‌گرداند توی دیگ.

مگه پارسال نگفتم برنگردون تو دیگ؟

چی کار کنم خب؟

بیار بریز دور

برکت خدا!

دایی دست وحیده را گرفته بود. باباجان کنار عروس، خان دایی کنارِ دایی. خاله‌ها می‌رقصیدند. مادرم دست می‌زد فقط. عروس از پله‌ها آمد بالا. مامان‌جون بیستی ریخت. کیوان به بیستی‌ها رسیده بود من حواسم

نبود. رفته بودم سراغ یشمی. بابا و مهندس و محمودخان نشسته بودند کنار هم، کنار باقی مردها. اغلب کت‌وشلوار چندتایی نه. بابا همیشه کت و شلوار می‌پوشید عادت کارمندی. نشستم پشت فرمان. خاموش بود. سوییچ را برداشتم.

کیوان دنبالم می‌گشت. بیستی‌های مامان‌جون را نشانم داد. نو نو برق می‌زدند. کیوان رفت. عروس و دایی حامد نشسته بودند بالای مجلس روی مبل‌ها. دایی داده بود از تهران آورده بودند.طلاییِ روشن و مخملِ سبزآبی. مبل‌ها مانده بود ته انبار. خان دایی گفت *بفرمایید ناهار*. مردها به تعارف یک یک رفتند تو. نشسته بودند دور تا دور اتاقِ باباجان. سینی‌ها می‌آمد. تندی رفتم کنار بابا نشستم. مانی و سامان نشسته بودند کنار هم؛هم‌سینی. شهرام پشتش را کرد به آن‌دو سینه را کشید توی بشقابش. دلم سوپ نمی‌خواست. باید یکراست می‌رفتم سروقت رآن. بابا برای من سوپ ریخت.

خان دایی گفت *کم و کسری اگه هست بگم بیارن*.

مهندس گفت *برکت باشه دکتر جان*.

چای را که خوردند فقط ماندند خودی‌ها. مهندس و محمودخان رفتند.

عصر دوباره تشریف بیارید. دور همیم.

صاب تشریف باشید.

باباجان چایی ظهرش را که می‌خورد بالِش‌ها را می‌گذاشت روی هم دراز می‌کشید. دست‌ها را باز می‌کرد طاق باز. اغلب خروپف. ساسان ترقه‌ها

را بردکوچه آتش زد انداخت پشت دیوار اتاق باباجان. بیدار شد. سرش را از پنجره کرد بیرون. خارومادر.

زن‌ها همه مانده بودند. مردها کنار هم خوابیدند. دراز به دراز .

بخواب

خوابم نمیاد

پس برو

رفتم. شیوا آنوسط می‌رقصید. شهنازجون دست می‌زد. سامان گوشه‌ای ایستاده بود خیره به شیوا. می‌رقصید. دایی دست کرد جیب کتش بیستی‌ها را کشید بیرون.

شاباش شاباش به‌مام شاباش.

باباجان گفت می‌رقصن؟

داره شاباش می‌ده آقا حامد.

دایی دوربین پاناسونیک را از بازار عرب‌ها خریده بود. نوار بزرگ. می‌گذاشت روی شانه‌اش و فیلم می‌گرفت. اغلب نوازنده‌های محلی را جمع می‌کرد. یکی سنتور می‌زد یکی تنبک یکی تار یکی می‌خواند. باباجان می‌نشست بالای مجلس. خان دایی کنارش. دایی فیلم‌شان را می‌گرفت. گاهی می‌رفت روستاهای اطراف فیلم می‌گرفت. از آغل‌ها از گاوها گوسفندها مزارع گندمزار دختران زیبا.

گاهی تابستان‌ها با رفقا می‌رفتند دریاچه. زیلو می‌انداختند و آبجو. پاناسونیک را می‌بُرد همیشه. همیشه حواسشان بود مامور نریزد.

کاسِت بزرگ را می‌گذاشت می‌نشست جلوی تلویزیون. گاهی می‌زد جلو بعد برمی‌گشت می‌ایستاد روی تصویری پاک می‌کرد می‌زد جلو باز تکه‌ای را پاک می‌کرد. بعد می‌گذاشت توی قفسه نوارها. باباجان اول عاشق هایده بود بعدها سِبِل‌جان.

"که امشب شب عشقه که امشب شب عشقه"

دُورِت بگردم.

رفته بودند رستوران ایرانی. مادر جوجه خورده بود مانی شیشلیک. برای هایده گل رز قرمز برده بودند.

اینها که مبله‌ست خوبه حالا بیا دوباره از نو مبل و اثاث.

فَرانک عکس‌ها را چیده بود روی کانتر *مامانِت چیکار داره تو همه چی نظر می‌ده؟*

باباجان هایده‌ها را چیده بود داخل کمد. درش را قفل می‌کرد همیشه. خان دایی مطب را که می‌بست یکراست می‌آمد خانه.

طبقه بالا سه خوابه نوساز کجا می‌خواد بره؟

زنش نمیاد

زن رو از اول نباس برد اون بالا بالا ها می‌افته یه روزی رو سرت خراب می‌شه.

شامَش را می‌خورد می‌آمد پایین. تخته نرد. حامد زنش را آورده بود اتاق‌های روبرو.

زن‌ها زود می‌خوابیدند مردها هایده. زمستان‌ها شراب تابستان‌ها آبجو. خان دایی داده بود سنگ قبر بسازند برای بابا. پدر عزیزم. سفید. مرمر.

دایی خریدهایش را می‌آمد تهران. اوایل مانی را می‌برد بعدها من. می‌رفتیم بازار. از سلسبیل تا بازار راهی نبود. یخچال گاز فریزر تلویزیون پنکه کولر. دودهنه‌ی دایی معروف بود. سرتاسر وسائل خانه. قسطی هم می‌داد به آشناها کارمندها. اطراف برقان باغ سیب کاشته بود. کنار باغ سیب باباجان کنار باغ سیب خان دایی.

مهمان که می‌آمد دایی می‌گفت بستنی. جلدی می‌دویدم قنادی روبروی دودهنه. به تعداد بستنی می‌گرفتم. گاهی برای خودم فالوده. عیدها و تابستان‌ها از تهران که می‌آمدیم برقان گاهی می‌رفتم پیش دایی گاهی می‌پیچاندم. اول صبح تی می‌کشیدم و جارو. سرتاسر. دبیرستان که رفتم مشتری هم راه می‌انداختم.

پنج شعله اصل کُره

سایدبای‌ساید

گروندیک ۲۸ اینچ آلمان.

زمین بریانک بزرگتر بود. قد کشیده بودم. می‌ایستادم دفاع آخر. هد اول را همیشه من می‌زدم.

نظام جدید ترمی واحدیه چهارماه و نیم یه کتاب به این کلفتی.

ترم داشت تمام می‌شد کتاب شیمی نرسیده بود هنوز. آقای نوروزی کوولانسی را هزار بار گفت، نفهمیدم. رفتم انسانی.

مانی گفت *همینجوری سرخود رفتی!*

شیوا گفت *حِفظیاتِتَم* که خوب نیست.

می‌ایستادم دفاع آخر. راه دبیرستان از انتهای خوش بود. کوچه‌ها را می‌پیچیدم پایین تا بریانک. گاهی توی راه مَرنجانی را می‌دیدم.

مرنجان کجاست؟

جایی نیست.

مرنجانی کوتاه بود و چاق. عکس‌ها را می‌آورد دبیرستان می‌فروخت. من نمی‌خریدم. می‌ایستادم کنار مرنجانی وقتی دنبال عکسی می‌گشت دید می‌زدم. سینه‌ها.

دایی که می‌رفت بانک مغازه را می‌سپرد به من. گاهی سامان و ساسان هم می‌آمدند. سامان آزاد برقان، مواد خواند. ساسان هیچ. فرش قرمز ماشینی را انداخته بود روی صندلیِ بزرگِ سیاهِ انتهای مغازه.

نسترن را ندیده بودم. رفتم جلو سلام کردم در خدمتم.

زیبا بود. زیباتر از هر زنی که دیده بودم.

نگاهی انداخت به یخچال‌ها. در ساید را باز کرد. کم کم رفت انتهای دودهنه. کنار صندلی بزرگ ایستاد.

آقا حامد نیستن؟

رفته بانک.

دوباره راه افتاد به دیدن چیزها. گاز تلویزیون سرویس چینی.

دایی که آمد نسترن پشتش به ما بود.

برا چی اومدی اینجا؟

اومدم ببینمت

گه خوردی.

نسترن گریه کرد. رفت. وحیده نسترن را می‌دانست.

شهر کوچیک حرف همیشه هست.

مرنجانی می‌گفت با پول عکس‌ها پول سوپرها موتور خریده. گاهی ترکَش می‌نشستم می‌رفتیم دُور دُور. دبیرستان دخترانه شهید معصومی. پرستو دبیرستان را آمده بود اینجا. چتری‌های کوتاه بود هنوز. چندباری آمدیم و رفتیم. دخترها اغلب سینه‌ی دیوار را می‌گرفتند پیاده‌رو را می‌آمدند. پرستو جا خورد. زمستان بود. باران بود. مرنجانی گازش را گرفت. هفته‌ای دو سه بار جلوی پرستو آفتابی می‌کردم. تیپ خردلی. کاپشن چرمِ مصنوعی. مهندس عیدی آورده بود.

کوچه‌ی باباجان باریک بود طولانی. نمی‌شد فوتبال زد. با سامان و ساسان و مانی دو تیم می‌شدیم گل کوچیک. ظهرها قبلِ ناهار با ساسان شوت درجا می‌زدیم بعدِ ناهار دو به دو. باباجان به پشت می‌خوابید دست‌ها باز. خروپف. مامان‌جون برای خودش اتاق داشت. سماور و استکان‌ها. قوطی توتون را می‌گذاشت داخل گنجه. باباجان که می‌رفت پیش قالی‌ها سیگارها را می‌پیچید می‌چید کنار هم. چای را پر رنگ می‌ریخت. خان دایی می‌آمد می‌نشست پیشش. فشارش را می‌گرفت.

خوبه فِشارت.

باد می‌کرد. دست‌های سفید مامان‌جون قرمز می‌شد. پیچ هوا را آرام باز می‌کرد. زل می‌زد به عقربه.

خوبه فشارت

دُورت بگردم.

به‌ترتیب فشار خاله‌ها و مادر را می‌گرفت. پنج‌شنبه عصر می‌رفتیم خانه مامان‌جون باباجان. گاهی شب بابا برای شام می‌آمد. زمستان‌ها شراب تابستان‌ها آبجو. می‌نشستند تا نصف شب.

دکتر *بهبودی تصدیق بین‌الملل داشت*. همه جا.

اول رفته بودند پاریس. برج ایفل پاهایش را باز کرده بود. شاخ شمشاد. باباجان کراوات و کت شلوار. شش تیغ. دکتر بهبودی کراوات و کت شلوار. شش تیغ. حتما دوربین را می‌دادند توریستی رهگذری کسی.

بهبودی می‌رفت جلو *کَن یو تیِک ئه فِتو آن آس*.

چند شب را پاریس مانده بودند. میخانه به میخانه *اول آبجو. بعد شراب قرمز. بعد چند پیک تکیلا چند پیک ودکای اعلا. تازه می‌شد نوبت جانی‌واکر سیاه.*

آفتاب که می‌زد بر می‌گشتیم هتل.

مُتل گرفته بودند. معقول. حمام و دستشویی. تخت‌های یک‌نفره رو به باستیل. کاغذ دیواری‌های قهوه‌ای یشمی. باباجان عاشق عکاسی بود.

از پاریس با قطار آمستردام. ده ساعت یازده ساعت.

صبح راه افتاده بودند. اول بلژیک. پاسپورت‌ها را چک کرده بودند.

اونموقع تحویل‌مون می‌گرفتن مثل الان نبود که.

مانی ساسان را برمی‌داشت سامان من را. کوچه باریک بود نمی‌شد کاری کرد. دیواری یه پا دو پا. بریانک سر نواب زمین بود برای بازی. دوبرابر زمین خوش.

با چل‌تیکه بزنیم؟

دولا یه

می‌زدیم. شش و شش. می‌ایستادم دفاع آخر. گاهی دروازه. کرنرها را تا وسط زمین می‌آمدم جلو. گیرم می‌آمد می‌شوتیدم.

نشوت بااااا

هیچ وقت گل نزدم. شوت‌ها اغلب پرت‌وپلا.

کرنرها را برخورداری می‌کشید. رفته بود تجربی. جوانان که دعوت شد بچه‌های بریانک را بستنی داد. خوشحال.

نادر برخورداری با شماره ۸ هافبک راست

شیره

نوجوانان امجدیه بود حالا آزادی.

نذری‌ها را که دادیم چندتایی مانده بود هنوز.

پارک باباییان رو برو پایین.

کجا؟

هایده

بابابیان.

چرا؟

یه چندتا زن بیوه‌ن می‌شناسم.

زنگ زدم. دادم. دعاکردند. زنگ زدم. دادم. دعاکردند. زنگ زدم. دادم. دعا کردند. زنگ زدم. پرستو آمد بیرون. نگاهم کرد. نگاهش کردم. چتری‌ها بود هنوز. چیزی نگفت. ببخشید. گرفت در را کوبید. چند کوبیده دیگر هم دادیم بقیه‌ی بیوه‌ها. دعا کردند. برگشتیم.

خدایا شکرت.

نگاهش کردم. پیر شده بود. بن‌لادن پیرش کرد. کارگر را آمدم بالا. پنجره را باز کرده بود. باد لای موهای سفید.

نسترن که رفت دایی گفت حرفت نباشه.

سرم را تکان دادم .

نسترن بالابلند بود و زیبا. دایی را عروسی اقوام دیده بود. تلفن‌های شبانه. ساعت‌ها. باباجان چندباری غُر زده بود. چندباری تَشر. چندباری بد و بی‌راه.

نماز صبح بیدار که می‌شد آرام تلفن اتاق خودش را برمی‌داشت. گوش می‌داد. عاشقانه‌های دم صبح. فحش را می‌کشید خار و مادر.

خان دایی رفته بود تلفن اسم نوشته بود به اسم مطب. پول داده بود مامور، خط را آورده بود اتاق‌های حامد.

۱۱۷

دایی یکراست می‌رفت سراغ آشناها. خریدهاش را می‌کرد چِک‌ها را می‌نوشت بارنامه را می‌فرستادند انبار. ناهار را می‌رفتیم نایب. چلو کباب جوجه.

دوتا چلو برگ دوتا نوشابه سیاه.

زرد

یه زرد یه سیاه.

پول را می‌گذاشت روی پیشخوان.

گاهی برای تینا عروسک می‌خرید. برای وحیده هیچ. زمستان‌ها مشتری کم بود. عیدها و تابستان‌ها من بودم. گاهی ساسان گاهی سامان.

دختری که تا اذون صبح اون‌حرف‌ها رو پشت تلفن بزنه به درد زندگی نمی‌خوره.

دایی سرش را می‌کوبید به دیوار. نسترن را می‌خواست. خان‌دایی پادرمیانی کرد. بابا پادرمیانی کرد. باباجان تلفن را جمع کرد. قبل از غروب مغازه را می‌بست می‌آمد حیاط را آب می‌داد. دیده بود سیم کشیده شده به اتاق دایی. چاقو آورد سیم را برید. دلش می‌خواست خواهر مریم را بگیرد. زنِ خان‌دایی.

عکس‌های آمستردام اغلب واضح نیستند. بهبودی کلاهش را گرفته دستش وسط خیابان می‌رقصد. هتل گرفته بودند. چهار ستاره.

پاریس من خودم خدا رحمت کنه با دکتر بهبودی رفتم مغازه خودشون می‌گن سوپغ مَغشه من اونجا ریال دادم تومن مثل دلا رگرفت.

روز قایق سوار شده بودند. شب رِد استریت. باباجان ایتالیایی برداشته بود دکتر روس. باباجان روس برداشته بود دکتر برزیلی. باباجان برزیلی برداشته بود دکتر ایرلندی.

من کک مکی خوشم نمیاد.

باباجان شرقی برداشته بود.

رفتند برلین.

مهندس و محمودخان عصر برگشتند برای بازی. ریحانه و رعنا مانده بودند پیش زن‌ها. شیوا می‌رقصید. شاباش‌های دایی را نگه داشت.

خان دایی گفت *ده هزار.*

مهندس بانکدار بود.

صُلح؟

نمی‌کنم.

کارت را داد. خان دایی کارت سوم را گذاشت روی کارت‌های دیگر. نشست روی دو زانو. کارتها را آورد بالا. نزدیک کرد به چشم‌ها. همه خیره شده بودیم. قرمز می‌شد. کارت را آرام سُر می‌داد که ببیند.

نفسش را می‌داد بیرون *برو از برای خودَت مهندس.*

گاهی بلوف می‌زد. گاهی روی نوزده و بیست می‌خوابید. مهندس همیشه دوکارت اول را رو بازی می‌کرد. گاهی آس و ده با هم می‌خورد. گاهی دو عکس. چشم می‌دوخت به حریف.

محمودخان گفت دکتر *رو شونزده خوابیده.*

مهندس دوکارت اول را رو کرد. هشت دل هشت پیک.

شونزده.

خان‌دایی قرمز شد.

مهندس کارت سوم را گذاشت روی هشت پیک برد بالا. نفس را داد تو. گوشه‌ی شاه را دید. کوبید زمین بیست.

رو کن دکتر.

خان دایی ورق‌هاش را تولاند لای سوخته‌ها. با دست هم زد.

ده هزار تومن شمُرد گذاشت زیر بشقاب.

باباجان گفت *بانکِت پُره مهندس.*

صلح کنیم حاج آقا؟

بیست ور می‌دارم.

پنج.

پس کارت بده.

کارت اول را که دید گفت *بانک.*

بیست تومن رو ور دار حاجی صلح.

بانکِت رو گفتم دیگه!

کارت بعدی را گرفت. نشست روی دو زانو. ورق‌ها را بُرد بالا. دومی را سُر داد.

برو.

مهندس کارت اول را زد آس پیک. نگاه کرد دید باباجان قرمز شده.

باباجان گفت صلح؟

مهندس کارت دوم را زد. سرباز خشت لایی داد.

مهندس گفت صلح؟

باباجان گفت همون بیست

پونزده

بشمُر خودت

خدمت شما حاج آقا.

باباجان ورق‌ها را تولاند لای سوخته‌ها هم زد. مهندس بانک را جمع کرد. کنار دستش محمودخان بود.

دایی تنها رفته بود خواستگاری. باباجان تلفن را برداشته بود زنگ زده بود به پدر نسترن منزل آقای کمالی؟

بله شما؟

گفته بود حامد را راه ندهد. حامد در زده بود. همه چراغ‌ها خاموش. با سنگ زده بود به شیشه. راهش ندادند.

گفته بود با مامان‌جون و باباجان و خان دایی می‌رود خواستگاری. نشسته بودند سر سفره. تاسکباب.

امشب قرار خواستگاری گذاشتم.

تو بیجا کردی.

دایی لیوان را کوبیده بود به دیوار. خارومادر را کشیده بود.

باباجان تاسکباب را با عمانی دوست داشت. حامد شیشه‌های هال را شکست. خان‌دایی آمد پایین.

نزدیک عید بود.

سال دوم دبیرستان

قدیم یا جدید؟

شماره‌ی خانه را نوشته بودم روی کاغذِ صورتی. با خودکار. گل هم کشیده بودم. گذاشته بودمش لای کتاب منطق. مرنجانی موتور را شسته بود تر و تمیز. سوییچ را داد.

تند نری ها.

دنده درست جا بزنی ها.

نزنی یکیو بکُشی ها.

تیپ خردلی.

رفت ایستاد آنطرف خیابان. دبیرستان شهید معصومی. چند دقیقه‌ای مانده بود زنگ بخورد. گذاشته بودم دو آرام طول خیابان را می‌رفتم

می‌آمدم. ایستادم خلاص کردم گاز دادم. زنگ خورد. پرستو روبروی من می‌آمد. فاصله به اندازه کافی بود برای تک چرخ. مرنجانی می‌داد یک فرمان را کج می‌کرد می‌کشید بالا. دست‌هام را گره می‌کردم پشتش. کاپشن چرم می‌سابید زمین.

ناصر گفت بیست و سه کمتر نمی‌دم.

می‌خرید می‌فروخت.

کتانی‌هاش را داد کاپشن چرم گرفت کاپشن چرم را داد دو دول تریاک گرفت دو لول تریاک را داد سه هفته آمد مرخصی.

موتور یخچال را می‌بردیم شاهپور قدیم. ناصر باز می‌کرد. من کشیك می‌دادم. اوس کاظم نمی‌پرسید از کجا آوردید. برچسب اموال را می‌کندیم. الکل. برق می‌انداختیم.

بیست و سه کمتر نمی‌دم.

دوتاش رو هم سی‌وپنج.

می‌آمدیم می‌نشستیم رو به رودخانه. تا غروب. گاهی می‌رفتیم سی‌وسه پل قلیان. چایی.

مامان‌جون چای را پر رنگ می‌ریخت. استکان دسته‌دار. نعلبکی گل قرمز. می‌گذاشت توی سینی. می‌بُرد برای باباجان.

چی کشیدی دوباره؟

مامان‌جون دمق برمی‌گشت اتاق خودش. کوچک بود. جلوی نیم دری می‌نشستیم روی سکویش. پشت به حیاط.

نواب را که ساختند زمین بریانک افتاد طرح. خوش را می‌آمدم پایین. قوانین همان بود. سایه‌ها جدول‌ها شکاف‌ها. تنها می‌رفتم تنها برمی‌گشتم. انتهای خوش سرازیر می‌شدم توی کوچه‌ها. جوب‌ها. سر بریانک مش‌مریم بامیه می‌فروخت. می‌گذاشتشان لای کاغذ.

سه‌تا بیست تومن. دونه‌ای ده.

با مرنجانی که بودم می‌خریدم.

یکی یکی آخری نصف نصف.

پرستو آمد بیرون. با دوستش. گذاشتم یک گاز را پر کردم. وقتش بود بدهم دو و فرمان را کج کنم. نگاهم افتاد به پرستو. دادم دو فرمان را کج کردم. کندَم. کون موتور چرخید. پرستو جیغ کشید. دست‌ها روی فرمان. دخترها جیغ کشیدند. موتور برگشت به عقب. خوردم زمین. افتاد روی پا. آمبولانس آمد. بردند لولاگر. اتاق عمل. اتل. گچ. آویزان.

خدا رحم کرد.

خدا رحم کرد.

تو چی کار داشتی به تک چرخ؟

تایر موتور چرخیده بود روی صورت. پوست را کنده بود.

تو چی کار داشتی به موتور!

با مرنجانی می رفتیم زمین‌بریانک.

اول دنده یک سرعت رو می‌رسونی چهل پنجاه می‌دی دو کلاچ رو ول میدی دوباره گازُ پُر می‌کنی.

من تَرک مرنجانی. پاش را می‌انداخت رکاب. فرمان را می‌کشید بالا.

تو چی کار داشتی به سوییچ؟

اول آبجو زدند بعد بیست و یک. گیلاس‌های استانبول.

بعدِ مامان‌جون مونده بود چندتایی.

خان‌دایی برداشت.

باباجان صبح که رفته بود مستراح همانجا سکته کرد. زمستان‌ها گرم‌کن سفید می‌پوشید. کش‌بافت.

مِدِ این فغانس!

برلین هتل گرفته بودند. معقول.

بیا بریم صبح این چندتا کلیسا رو ببینیم

اینا فایده نداره!

یعنی چی؟

اومدیم تفریح نیومدیم زیارت که

کلیسا مال پونصد سال پیش زیارت نیست باستانیه

تو رفتی چغازنبیل رو ببینی؟

کجا؟

نشنیده اصلا.

دکتر تنهایی رفته بود کلیساها را دیده بود. دیوار برلین را از دور دیده بود. ترسیده بود از جایی نرفته بود جلوتر. باباجان بازار. خرت و پرت. برای دخترها پارچه آورده بود برای پسرها ساعت. مامان‌جون کارتیه.

چند پیک آبجو زدند. محمودخان شنگول شد. مهندس شنگول شد. خان‌دایی شنگول شد. بابا شنگول شد.

خیره شده بود به ریش مدرس. پول‌های نو دیرتر می‌رسیدند شهرستان.

تو نگاه کن این ریشِش یه جوری نیست؟

دهی را چرخاند.

می‌گن شبیه روباهه!

نیست بابا الکی می‌چسبونن.

شما ببین دکتر اینو ببین اینجا تاب خورده دُمِشه!

دست کردم جیبم. دهی‌ها را درآوردم. چرخاندم.

چقدر جمع کردی شیطون؟

سه تا دهی سه تا بیستی.

آفرین.

دایی حامد لیوانش را زد به لیوان خان‌دایی *اینو می‌خورم به سلامتی داداش حامدم که امشب شب عشقه.*

همه گفتند سلامتی.

دوباره خیره شدم به ریش‌ها.

ریش گذاشتی چرا؟

بن لادن که افتاد روی نیویورک ریش‌هام را نزدم.

خدا رو شکر بخیر گذشته!

برا اون نیست که

می‌زدی همیشه

حسش نیست

بزن بابا کسی بهت پا نمی‌ده اینجوری

نه که اونجوری حالا خیلی پا می‌دادن.

اغلب می‌رفتیم دانشکده زبان. می‌نشستیم روی نیمکت‌ها. اگر دختری پا می‌داد به من که نه به ناصر می‌رفتیم دنبالش. گاهی می‌رفتند خوابگاه گاهی می‌رفتند تریا قاطی گاهی بیرون. می‌نشستیم روبرویشان یا طوری که ببینیم. باز هم اگر پا می‌دادند ناصر می‌رفت جلو.

مفتح ۲۲۳ ناصر مزدک

گاهی زنگ می‌زدند گاهی نه. تلفن مفتح پشت دیوار اتاق ما بود. زنگ که می‌خورد ناصر جلدی می‌پرید. اول نگهبانی زنگ می‌خورد.

الو

اتاق ۲۲۳

۱۲۷

فیل‌ها به جلگه رسیدند

دکمه را می‌زد پشت دیوار زنگ می‌خورد. تلفن‌های خوابگاه همیشه اشغال بود مگر ظهرها که همه می‌رفتند سلف.

با میترا و سمانه قرار گذاشتیم میدان انقلاب سینما ساحل. بلیط‌ها را ناصر خرید.

سمانه زنگ زده بود.

تو ناصری یا مزدک؟

گفته بود مزدک.

ناصر کجاست؟

تو کدومی؟

مانتو قهوه‌ای.

سکوت شده بود.

این دوستم دلش نمی‌خواد راستش منم از ناصر خوشم اومده.

من خودم ناصرم

مگه نگفتی مزدکی؟

ناصرم

دروغ می‌گی.

گوشی را گذاشته بود.

هفته قبل چندشنبه بود رفتیم شماره دادیم؟

۱۲۸

دوشنبه سه‌شنبه چطور؟

نشستیم روی نیمکت‌ها. سمانه و میترا آمدند رفتند تریا.

چرا زنگ نزدی دیگه؟

برا چی اولش دروغ گفتی؟

حراست چرخ می‌زد.

فردا عصر ساعت پنج سینما ساحل.

آمد نشست کنارم.

چی می‌گه؟

فردا عصر می‌ریم سینما ساحل.

یک ماه و نیم ماندم بیمارستان. پاها آویزان. دوبار عمل کردند. دکتر بخارایی جوان بود. بالابلند. خوش تیپ. می‌آمد سر می‌زد. معاینه می‌کرد می‌نوشت می‌داد به پرستار.

پرستو آمده بود بالای سرم.

فکر کردم مُردی!

خندیدم.

دستهایش را گرفتم. هوای کافه دم داشت. بوی سیگار و قهوه. نشسته بودیم گوشه‌ای دنج خلوت.

فکر کردم مُردی.

خندیدم. دست‌هایش را گرفتم. چتری‌های کوتاه، بالابلند و لاغر.

اومدم بالا سرت واقعا فکر کردم مُردی اول پات رو ندیدم صورتت خون خالی

جیغ زدی؟

آره

بی هوش شدم. مرنجانی آمبولانس خبر کرده بود.

دایی با چه مکافاتی سپرده بود بازار عرب ها برای ویدئو. قاچاق.

دو تا می‌خوام

بیعونه می‌دی بگم بیارن برات.

ویدیوها را می‌گذاشت روی هم. اولی و دومی نوار خام، سومی فیلم‌های پاناسونیک.

تصویر اول را از روستا گذاشت. چند ثانیه. بعد یکی یکی خانه‌ها. حیاط ها آغل‌ها. دخترهای زیبا. باز هم تصویر روستا. غروب. جمعه‌ها دو دهنه را باز نمی‌کرد. از صبح با وحیده می‌زدند بیرون. می‌رفتند سمت دریاچه. زیلو را می‌انداختند خیره می‌شدند به آب. لام تا کام. گاهی ما هم می‌رفتیم. بابا که مُرد بیشتر.

مردها تخته می‌زدند و حکم. زن‌ها حرف حرف حرف. می‌ایستادم گوش. خاله‌ها دایی‌ها بچه‌ها.

محمودخان بیست گذاشت زیر بشقاب.

۱۳۰

ورق‌ها را بُر زد.

الان بانکش پُر شد صد صد و بیست.

محمودخان پنج دیگرگذاشت زیر بشقاب. کنار دستش محمودآقا بود.

اول بانکدار دوم حریف.

کوچیک شماییم محمودخان.

بزرگوارید.

سبیل‌ها می‌جنبید. سیاه.

کارت

کارت.

هر سه را نشان دایی داد.

سرباز پیک را رو کرد. کارت چهارم را گرفت. ورق‌ها را می‌گذاشت روی قالی دست را چتر می‌کرد از لای انگشت‌ها می‌دید.

برو برا خودتون.

محمودخان کارت دوم را گذاشت. دید.

بیست ویک.

برادر خانم عزیزم!

باباکارت اول را گرفت. دیدیم. مجسمه. باباکارت دوم را گرفت. دیدیم. مجسمه.

ده هزار تومن

بابا آمد روی زانو خم شد به سمت محمودخان. کارت سوم را گذاشت کف دست بابا. برد بالا دید *برو برای خودت.*

محمودخان کارت دوم را گذاشت روی اولی آرام سُر داد.

آقا دوتا ماکارونی دو تا نوشابه مشکی

زرد

هَمبرگر بخوریم؟

فردا.

بیستی‌ها و دهی‌ها شد ساندویچ. نوشابه مشکی زرد. پول‌های من پول‌های کیوان.

شیوا شاباش‌ها را داد انگشتر خرید.

این یکی پولا از کجا؟

پول توجیبی‌یامه!

می‌رفت کلاس سوم ابتدایی. خودش لقمه درست می‌کرد نون پنیر مربا گردو.

لقمه‌ها را می‌گذاشت کیسه فریزر. تهران نان لواش را من می‌خریدم. برقان بابا مانی. نانوایی نبش خوش مرتضوی.

حامد رفته بود اتاق خودش. آنطرف حیاط. مامان‌جون گریه کرد. باباجان نان را برداشت چرخاند توی بشقاب. کمی کته مانده بود از روز قبل.

خان‌دایی چند باری طول و عرض اتاق را رفت. آمد. رفت. آمد. رفت.
آمد. رفت. آمد می‌خوادش خب!

باباجان لیوان دوغ را برداشت نوشید. رفت اتاقش.طاق باز خروپف.

بیا بیرون ببینم چی می‌گی!

حامد آمد بیرون.

امشب خواستگاریه. همه‌تونم باید بیایید. زن داداش شمام باید بیاین.

مریم آمده بود ایوان. حیاط را نگاه می‌کردند. سامان و ساسان.

شما اشتباه کردی سر خود رفتی اسم گذاشتی رو دختر مردم

نسترن حامله‌س.

شیوا ترم سه بود. میکروبیولوژی. آمار دکتر بخارایی را درآورده بود.
آدرس مطب شماره تلفن.

ده دقیقه قبل از بخارایی شیوا خودش را می‌رساند بیمارستان. آب میوه
می‌آورد. کمپوت. شیرینی. می‌چید روی میز. بخارایی با رزیدنت‌ها
می‌آمد. شیوا تعارف می‌کرد. اغلب کسی چیزی نمی‌خورد. همه ماجرای
بخارایی را فهمیده بودیم. مانی انترن بود. امام خمینی. لولاگر. گاهی
لولاگر بخارایی را می‌دید احوال من را می‌پرسید بعدها بخارایی از مانی.

انگشت شیوا مانده بود لای در تاکسی. بعدازظهر یکراست رفته بود
مطب بخارایی.

شش

عکاس‌باشی چِلاند

شهین گفت *خان‌داداش نمی‌خواد احراس وراثت بکنه؟*

انحصار.

مامان‌جون گوش‌هاش سنگین شده بود. دستش را می‌برد بالا کنار گوش *نمی‌شنوم.*

انحصار وراثت شهلا داد می‌زد. مامان‌جون سرش را تکان می‌داد به چپ به راست. لب‌هاش را می‌گزید. دندان‌های مصنوعی.

باباجان دستگاه شراب‌گیری کل فامیل را جمع کرد برد انبارِ باغ. استالین و لنین را انداخته بود توی استانبولی. نفت را ریخته بود. خارومادر. زیر لب. داریوش گوگوش ابی ستار. کاست ها در آتش سوختند. باباجان هایده‌ها را برده بود زیرزمین. بیل را داده بود حامد. دو متر کنده بود. قبر بچه. هایده را پیچیده بود لای پارچه لای مُشمع. سفت.

کتاب ها رو نمی‌سوزوندیم خب

اون سیبیل‌های استالین اعدام داره پسر جان

هایده نداره؟

اینا برا هایده اعدام نمی‌کنن فوقش زندان شلاق.

دایی روی هایده خاک ریخت. موزاییک‌ها را درست گذاشتند جا. صندوق بزرگ را کشیدند رویش.

خان دایی نشسته بود روی پله‌ها حامد کنارش.

چند وقتِشه جنین؟

نمی‌دونم

راست می‌گه؟

دروغش چیه!

بگم به آقاجان؟

شَر می‌شه

آزمایش داده؟

نه نمی‌دونم.

ناصر یکراست رفته بود سراغ راننده تاکسی. پشت سرش راه افتاده بود تا خانه. پاسگاه آشنا داشت. از زندان. ردَش را زده بود. پیکان را پارک کرده بود. کوچه‌های تنگ باریک. غروب.

نقاب رو کشیدم روی صورت. چاقو رو درآوردم پریدم روش دو تا زدم تو رونش.

فرز بود.صد متر را زیر دوازده می‌دوید. اجازه گرفته بود از تربیت بدنی دور زمین بزرگ بدود.

با ناصر رفتیم خوابگاه. تن. تخم مرغ. نان. خیارشور ترشی روغن نمک.

بچه‌ها را بغل کرد. بوسید. دست دادیم. بوسیدیم. گردن گرفته بود. یکسال و نیم بند جرایم. بوسیدیم.

یادم رفت سس قرمز بگیرم.

علی گورزی گفت رُب هست.

بیار.

تریاک‌ها را داده بود برای سه هفته مرخصی.

دُور این ناصر رو خط بکش.

دور این ناصر رو خط بکش.

به ناصر گفتم.

غمت نباشه داداشِ‌من

از زندان که آمد افتاد دنبال انصراف. فرم‌ها را نشانم داد.

اردوی تابستانی امام‌زاده زاده داود ثبت‌نام می‌کند:
مدارک لازم چهار قطعه عکس ۳×۴ فرم رضایت ولی هزینه پانصد تومان.
وسایل لازم قمقمه. کفش و لباس مناسب.صبحانه و ناهار بعهده زائر می‌باشد.

فرم را گرفتم دادم مانی امضا کرد. مهر پزشکی را هم زد. مانی مختاری شماره نظام پزشکی.

اتوبوس ایستاده بود جلوی دبیرستان. جمعه. اواخر اردیبهشت.

کاروان راهیان امام‌زاده داود. دبیرستان نظام جدید شهید نوربخش. نظام جدید را کوچک نوشته بود داخل پرانتز. سوار شدیم. نشستم کنار برخورداری. لقمه‌ی نان و پنیر آورده بود. لقمه‌ی مربا کره آورده بودم.

می‌زنی؟

گَندم

کَند.

کره مربا می‌خوری چاق میشی!

لاغر شدم که

از راهنمایی تا الان آره ولی چاقی هنوز.

اتوبوس رسید میدان فرحزاد. دستی کشیده شد.صندلی‌های آخر بودیم. به صف راه افتادیم دنبال میرزایی دنبال خواجه دنبال میرمحمویی. کتانی پام بود. جاده خاکی. گاهی کوچه باغ. اوایل چندتایی رستوران. تا ظهر ظل آفتاب. عرق همه درآمده بود. نه قمقمه برده بودم نه ناهار. مانی فرم را که امضا کرد دو هزارتومن از کیف درآورد گذاشت روی کاغذ. پانصدی‌های نو.

خیال می‌کردم یک ربع بیست دقیقه پیاده‌روی باشه!

صحرای کربلاس.

میرمحمویی می‌خواند. بچه‌ها تکرار می‌کردند. افتاده بودند جلوتر.

ای لشکر صاحب‌زمان آماده‌ایم آماده‌ایم

ای لشکر صاحب‌زمان آماده‌باش آماده‌باش

تمام راه را سرود خوانده بودند دست زده بودند. میرزایی کار را گرفته بود دستش. جوان بود. شور و نشاط انقلابی.

نه مغازه‌ای نه کسی. فقط ما. تانکر، آب نداشت. حلقه زدیم دور شیر آب. میرزایی از همه تشنه‌تر. اول خودش خورد. رفتم نشستم سایه. برخوداری هم آمد.

افتادن رو شیرِ آب پدرسگا.

نخوردی؟

ببین ببین وحشی رو!

یکی از بچه‌ها با لگد زد به پای دیگری. هل دادند. دو نفر دیگر رسیدند به شیر.

مغازه نیست چرا؟

پول مگه داری؟

دارم.

برخورداری کوکو آورده بود. صد گرفت برای سه لقمه. متوسط. خودش چهار تا. آخری را آورد جلو.

بِکَن.

دمت گرم.

باباجان هیچ وقت نرفت پی هایده. ماند همانجا که حامد کَند. مامان‌جون که مُرد دایی کوبید.

پونصد متر زمین. کلنگی. وسط شهر.

همکف را داروخانه ساختند و فیزیوتراپی. بالا را هفت مرتبه ساختمان پزشکان. دایی طبقه‌ی آخر را کامل برداشت. اتاق عمل سرپایی. پوست و مو. زنان. اطفال.

ببین مهندس تا عید نرسونیم به نازک کاری جریمه باید بدم به وَرَثه

می‌رسیم دکترجان!

مهندس به نازک کاری نرسید. قبل از عید تابلوی سیاه را گذاشتند بالای سرش. دوسال بعدش ریحانه. شهرام کار را دست گرفت.

شهرام گفت بفرمایید ناهار.

ده نفر. مِنو آوردند. روز دوم کسی غریبه نبود.

چی می‌زنی؟

شما چی؟

می‌گم بگم شیشلیک!

چنجه‌ش خوبه اینجا.

چرخید سمت رعنا. رویش نمی‌شد بپرسد. سبیل‌های سفید را چرخاند. رعنا مِنو را گذاشت روی میز. محمودخان خیره شده بود به رعنا.

کوبیده جوجه؟

هر چی شما بگی.

شهرام نشسته بود کنار خان‌دایی. آن‌سر میز.

داروخانه و فیزیوتراپی رسید به سامان ساسان. می‌چرخاندند. دکترها قراردادی. هفت طبقه را قسمت کردند. مردها دو دخترها یک. اول را خان دایی عوض سرمایه برداشت آخر را عوض ارثیه. کسی چیزی نگفت. قرعه انداختند. حامد برداشت پنج. شهین برداشت دو شهلا برداشت سه. مادر برداشت چهار. شش ماند برای شهرام عوض قرارداد ساخت. مهندس مُرده بود.

خان‌دایی رفته بود کوی پزشکان. نگهبان. خدم و حَشم. زمین بازی بچه‌ها. پارک. هجده ویلا. خان دایی داد کرایه. حامد فروخت. شهین فروخت. مادر داد کرایه. محمودآقا گفته بود یکی رو بفروشیم دوتا رو بدیم کرایه. سینا بوتیک زد. کنار دو دهنه‌ی باباش.

مریم مادر را بغل کرد. بوسید. مانتوها را گرفت.

خدا رحمت کنه

خدا رفته‌گان شما رو بیامرزه.

روز دوم فقط خان‌دایی آمده بود ناهار. روز اول همه.

خان دایی نشست روی مبلِ تکی. رو به تلویزیون. عصرهای پنجشنبه مطب تعطیل بود. منیژه چای آورد. شیرینی. میوه. نشستم کنار مادر.

کاناپه بزرگ بود. پای راست را جمع کردم زیر چپ. نبات ریختم. چای را خوش‌رنگ ریخته بود.

بچه‌هات خوبن منیژه جان؟

نوه دار شده

مبارکه چی هست؟

غلام شماست

زیر سایه پدر و مادر.

منیژه استکان‌ها را بُرد. خان‌دایی اخبار می‌دید. میوت. جان کِری اخم کرده بود.ظریف می‌خندید.

محمودخان دیشب می‌گفت این عصا فیلمشه شنود جا ساز کردن.

تو چرا زن نمی‌گیری؟

می‌گیرم

ساسان بچه دومِشَم تو راهه

مبارکه

جا موندی ها!

مسابقه‌س مگه؟!

معلومه!

می‌گیره دکتر.

مریم خان‌دایی را دکتر می‌گفت.

خان دایی گفته بود بگو *بندازه.*

بچه‌مه

احمق شدی؟

مامان‌جون آمده بود حیاط. نشسته بود روی پله‌ها. سیگار را گیرانده بود. دست به دست. باباجان خروپف. امان‌خان شکسته‌ها را جارو زد. سفره را جمع کرد. چایی آورد.

زنگ بزن بگو نمیای

به خان‌داداش گفتم، نمی‌شه.

بگو حاجی راضی نیست.

کت‌وشلوار پوشیده بود کراوات. گل و شیرینی. تك‌تِنها. چراغ‌ها خاموش.

از در که آمد تو خان دایی از بالا دید. بابا تازه رسیده بود. شیرینی را داد به ساسان. گل را همانجا انداخته بود زباله.

ببر تو.

شوت در جا می‌زدیم. ساسان و مانی آتاری.

دایی لباس‌ها را عوض کرد. کت‌وشلوار و کراوات. پوتین پوشید. رفت زیرزمین. پیش هایده. میلگرد را براشت.

فیل‌ها به جلگه رسیدند

رزمندگان اسلام سحرگاه امروز طی عملیاتی تیپ سوم زرهی ارتش بعثی را

شیشه‌ها شکست. از اول حیاط تا آخر. میلگرد را می‌چرخاند می‌کوبید به شیشه. خان‌دایی بابا شهین شهلا محمودآقا ساسان مانی شهناز مامان‌جون آمدند بیرون.

نکن مرد حسابی نکن!

چسبیده بودیم به دیوار. بابا آمد بغلم کرد. خان‌دایی ساسان را بغل کرد. حامد در را کوبید به هم. زن‌ها حرف نزدند. باباجان اخبار می‌دید. استکان را برداشت هورت کشید. چای را با خرما می‌خورد همیشه.

"تقصیر این قصه‌ها بود تقصیر این دشمنا بود. اونا اگه شب نبودن سپیده امروز با ما بود. کسی حرف منو انگار نمی‌فهمه نمی‌فهمه..."

نشکسته خوشبختانه!

گذاشته بود زیر نِتوسکوپ.

نشکسته

خدا رو شکر.

مانی عکس را برده بود بالا زیر مهتابی.

نشکسته.

عکس را بردم بالا. نگاه کردم دکتر بخارایی. نظام پزشکی. متخصص ارتوپدی. ونک نرسیده به

انگشت را بسته بود تا مچ.

حرکت ندی بهتره

سخته آقای دکتر

مزدک بهتره؟

بهتره فقط می‌لنگه اذیته یه کم

ده روز دیگه باز کن

خودم باز کنم؟

برادرت مگه پزشک نیست؟

قند توی دل شیوا آب شد.

بده باز کنه راحته.

چرا نگفت بیار خودم باز کنم؟

چرا نگفت بیار خودم باز کنم؟

چرا نگفت بیار خودم باز کنم؟ شیوا دمق شد.

آیدا کادو را باز کرد. انداخت گردنش. سنگهای یشمی!

مستی پریده بود. شهناز نشست جلو. چمدان‌ها را انداختم باربند. ساک‌ها را انداختیم صندوق. آزادی را آمدیم کارون.

ریحانه زنگ زد حال و احوال. برگشتن بخیری. آیدا رفت.

باباجان برای دامادها پیراهن آورده بود. کراوات. دکتر بهبودی کلیسای جامع پاریس و برلین را دید. دروازه براندنبورگ با اسبهاش. شب رفته بودند دانسینگ. فستیوال رقص.

از سرتاسر اروپا اومده بودن زن و مرد می‌زدن می‌رقصیدن خدا بیامرزه دکتر بهبودی رو رفته بود اونوسط مگه میومد هست عکس‌هاش.

پولاروید را همه جا می‌برد.

۱۹۷۴ پولاروید مِد این یو اس آ.

نشون ندی به کسی این عکسارو.

باباجان که مُرد عکس‌ها را برداشتم. تا صبح رقصیده بودند. آبجوی باواریا.

دو سه ماهی از جام‌جهانی برلین گذشته بود. تعطیلات تابستانی. بنز کرایه کرده بودند. تمام شهر را چرخیدند. ژامبون خوک آبجوی کرونباخِن. گشته بودند دنبال رِد استریت.

اینجا نیست هامبورگ.

میشه بنز برد ایران؟

می‌دی کشتی بندرعباس تحویل‌ت می‌دن!

باباجان بنز را خرید. مرسدس یشمی ۱۹۷۴. رانندگی را انداخته بود گردن دکتر. تصدیق *بین‌الملل*. آمده بودند تا استانبول شهر به شهر.

برو چلوکبابی سر منوچهری آره یه دونه بیشتر نه می‌ری اونجا دویست‌هزار تومن می‌دی به اونی که پشت دخله.

دلار را از یک ایرانی گرفته بودند. چلوکبابی داشت برلین.

مرنجانی موتور را داده بود تعمیر. بعد از عید برگشتم شهید نوربخش. مانی صبح‌ها می‌رساندم. نفر اول. هفت صبح. بچه‌ها هفت و نیم می‌رسیدند. رنو خریده بود. زرد. می‌رفت ولنجک. تجریش. ولیعصر. بیمارستان. دانشگاه. درمانگاه .

عصا را می‌زدم زیر بغل. دست می‌گرفتم به دیوار. آرام می‌رفتم تا پله‌ها. پله‌ها مکافات بود. یکراست می‌رفتم کلاس. خسارت مرنجانی را دادم.

حامد پاناسونیک را گذاشت روی سه پایه. نگاه کرد. برد عقب. نگاه کرد. من ایستاده بودم این سمت پیاده رو جعفرآقا آن‌سمت.

دکمه‌ی قرمز را که می‌زد پیاده رو را می‌بستیم. صبح زود می‌گرفت اغلب.

هم آفتاب خوبه هم کسی نیست.

تصویر ویترین را اول از همه گذاشت. تابلوی نئون. تصویر روز تصویر شب. یخچال ساید باید ساید. گاز پنج شعله فِردار گردندیک ۲۸ اینچ. لوازم خانگی آریا. نئون‌ها. فیلم را برای باباجان گذاشت.

رفته بود ویلچر آورده بود از مطب خان دایی. نشست. پاناسونیک را گذاشت روی دوشش.

آروم هُل بدید.

جعفرآقا آرام هل می‌داد. یخچال‌ها گازها چینی ها را ه می‌رفتند.

آفرین احسنت. فیلم خوب برداشتی.

فیل‌ها به جلگه رسیدند

قرارداد بست با تلویزیون مرکز استان برای تبلیغات مجانی اقساط کارمندی. شب جمعه قبل از اخبار پخش می‌شد.

لوازم خانگی آریا ارزانتر از همه‌جا. نقد و اقساط.

زل زده بودیم به تلویزیون.

آفرین احسنت. فیلم خوب برداشتی.

باباجان عصر زنگ زده بود شیشه‌بُر. ظهر شیشه‌های هال را شکسته بود شب کل حیاط را. شب عروسی بشقاب‌های چینی را پرت می‌کرد.

سه تا یک در یک وسیزده. زواره و خمیر.

حرفت نباشه جایی

چشم حاج‌آقا.

فردا شاگردَش را هم آورده بود.

هیجده تا دو در یک‌وسیزده زواره و خمیر.

به شاگردِت بگو جایی حرفش نباشه

چشم حاج آقا.

جعفرآقا شیشه‌ها را جارو می‌کرد. شیشه رفته بود لای گِل‌ها لای خاک. دایی زیرپیراهنی پوشیده بود و پیژامه. آمد توی حیاط ایستاد.

مغازه رو ول کردی اومدی حیاط جارو میزنی؟

جمعه‌ست آقا حامد ابرو دوانده بود سمت تبریزی. سمت منبع آب.

عکاس‌باشی چلاند

دایی تا صبح داریوش گوش کرده بود و آبجو. هنوز مست بود انگار. تلو
خورد. دستش را گرفت به دیوار. باباجان پشت منبع آب کمین کرده بود
شیشه‌ها رو چرا شکستی؟حامد جا خورد. ترسید. باباجان دستش را
حلقه کرده بود پشت کمر، پیژامه‌ی راه‌راه نترس.

خان دایی گیلاس‌ها را دانه دانه می‌گذاشت دهانش.ظریف از بالکن
دست تکان داد. بلند شد. پیژامه‌ی راه راه را کشید بالا. کنترل را داد
دست من.

منیژه چایی بیار.

مادر گفت من نمی‌خورم.

مریم گفت من نمی‌خورم.

دوتا بیار پررنگ.

نشئه بودم از دیشب. از آبی که می‌رقصید.

زیاد نکش عمه جان

نمی‌کشم که هیچ وقت.

محمودخان کوبیده خورد من چنجه. رعنا و محمودخان را رساندم.

امشب که می‌رم سمت کیوان

صبح زود بیا پس.

دو دست باخته بودم. دل و جگر بازار.

۱٤۹

الان بخوام سمند می‌گیرم پارس می‌گیرم ولی پیریه نمیشه نشست پشت فرمون.

آب رقصید. ایران‌ناسیونال را داد رفت.

خان‌دایی نبات را هم زد.

شهناز گفت *می‌خواد تاریخ برقان رو بنویسه.*

چایش را هورت کشید. اول مریم را نگاه کرد بعد من.

خان‌دایی گفت *آفرین احسنت.*

نوشته خیلی‌ش رو.

بعدازظهرها از آزاد که می‌آمدم یکراست می‌رفتم کتابخانه.

میرمحمود پیل‌افکن در سال هفتصد و نود ودو قمری سنگ بنای برقان را به دستور شاه منصورگذاشت. برقان بلحاظ سوق‌الجیشی و وجود دریاچه طبیعی بسیار سریع بدل شد به دژ مستحکمی جهت ممانعت از حمله گاه و بی‌گاه دشمنان. میرمحمود قلعه دو شیر را بر دامنه‌ی کوهی به همین نام ساخت...

یادداشت برمی‌داشتم.

بیا اینو گرفتم یادداشتات رو قشنگ بچینی فولدر بندی کنی.

سارا رفته بود شهر کتاب شریعتی.طبقه پایین را گشته بود. برای پارسا آبرنگ خریده بود برای من فولدر.

کاغذها را یکی یکی می‌چیدم. بر اساس سال شخصیت. واقعه. بر اساس دوره‌های سلطنت.

ناصر زنگ زد.

بفروش.

چرا؟

چی؟ صدات نمیاد!

می‌گم چرا بفروشم؟

چرا صدات اینجوریه؟ ته چاهی؟

کتابخونه‌م.

تاریخ برقان؟

زده بود زیر خنده.

شب بیاد بگیره.

پیک می‌آمد. می‌بُرد. مطمئن. *اومد پایین بخر.* پیک می‌آمد. می‌داد. می‌رفت.

برخورداری دستم را گرفت کشید. رفتیم سمت شیر آب. خلوتتر شده بود. ایستادیم. تا می‌توانستیم خوردیم. سرم را بُردم زیر آب. کوکو ها مانده بود سر گلو.

نادر کجاست؟

بی‌خبرم

چی کار می‌کنه؟

پیک بود تا دو سه ماه پیش.

امید دعوتش نکردند. رفت سربازی. رفتم اصفهان. زنگ زدم برخورداری. شماره را از رضاگرفتم.

گفت!

آره دیگه

پس یادت نره اس‌ام‌اس کنی.

پونصد ریختم

دسـتِ دُرُس.

زَنش رفته بود ترکیه. پسر را انداخته بود بیخ ریش برخورداری.

درست کن موتورو بزن به کار

دسـتِ دُرُس.

پول‌ها را دود کرد. پیک بود. پیتزایی. نشئه بوده حتمی قرمز را پیچده چپ تولیده شکم سمند.

باید دیه بده!

مقصره؟

شکایت کردم.

کتابای باباجان پیش شماست؟

نه

یه سری کتاب داشت قدیمی خاطرات یه دکتری بود اروپا درس خونده بود

یادم نیست

شما یادت نیست زن دایی؟

زن دایی دروغ نمی‌گفت.

بود تا چند وقت پیش

هنوز من شاکی‌ام ازت سر اون تمبرآ که بردی!

گفتم به شهناز جون

به مام می‌گفتی

جام کریستالم تو بُردی؟

ساسان آمده بود تهران. دیده بود. شهناز گذاشته بود ویترین آشپزخانه. یادگاری.

اونو من بُردم

چرا نگفتی؟

شمام مِساوُ و سماور نقره و قالی کوچیکه و گاو صندوق که مال خودم بود اصلا برداشتید نگفتید به کسی!

گفتیم به همه

دوتا تمبر و یه کریستال.

مادر دو سال از خان‌دایی کوچکتر بود. ندار بودند با هم. هر وقت هم‌مجلس می‌شدند سر شوخی و طعنه باز بود.

شلیک پدافند توپخانه سپاه پاسداران انقلاب اسلامی به مواضع دشمن در قلب عراق. کشته و زخمی شدن صدها تن از ارتشیان حزب بعث

تُف.

بابا همیشه نمی‌رفت پیش محمودخان. می‌خزید زیر کرسی تلویزیون می‌دید. اخبار.

روزها چوب می‌سوزاندیم شب‌ها کرسی. مانی درس‌ها را می‌آورد می‌رفت زیر لحاف. بابا اخبار دو بعدازظهر را گوش می‌کرد. بعد می‌خوابید. خروپف.

أنجز أنجز وعده نصر نصر نصر عبده لاشریک لاشریک لاشریک‌له...

هواپیماهای رژیم بعثی طی یک عملیات بزدلانه شهرهای اصفهان شیراز قم را بمباران کرده و جمع کثیری از هموطنان عزیزمان را به خاک و خون کشیدند

می‌رفتم توی حیاط. تابستان‌ها نردبان را می‌گذاشتم. پله‌ها را می‌رفتم بالا. اول می‌رفتم پشت بام مستراح. خیره می‌شدم به غوره‌ها.

دست نزنی *ها.*

شهناز سبد می‌داد برای برگِ‌مو *نازُکا رو بِکَن.*

می‌رفتم روی دیوار

نیافتی!

حواسم بود. فرز بودم روی دیوار. نازک‌ها را می‌کندم. بابا برای انگور داده بود داربست بزنند.

چه شرابی.

اواخر شهریور انگورها را می‌چید. کارتن پهن می‌کرد دو روز می‌انداخت آفتاب.

خان‌دایی دورتا دور باغ سیب را انگور کاشته بود. اواخر شهریور انگورها را می‌چید. کارتن پهن می‌کرد دو روز می‌انداخت آفتاب.

باغِ باباجان را تفکیک کردند. قرعه انداختند. پسرها دو قطعه دخترها یک. هفت و هشت افتاد به خان دایی. همسایه باغ خودش. یک و دو افتاد به حامد. همسایه باغ خودش. وسط افتاده بود به شهین شهلا شهناز.

رامتین گفت *بخریم ازشون؟* شهین فروخت.

انگورها را می‌بردند زیرزمین. حامد دان می‌کرد چرخ می‌کرد خمره‌های سبز پر می‌شدند.

مهندس پِی را که کَند هایده افتاد بیرون .حامد داشت با شهرام حرف می‌زد. کارگرها فرغون فرغون.

بیا ببینم.

کارگر آمده بود جلوی حامد. دست کرده بود توی خاک‌ها. هایده.صحیح و سالم. مشمع. پارچه‌ی سفید.

هایده‌ها را چیده بود کنار هم. گلهای رنگارنگ. نوروز ۵۶. روزهای روشن. عالم یکرنگی. زمونه. نرگس شیراز. شب عشق. باده فروش. باباجان داده بود تهران از نو هایده بیاورند.

کاروان مکه مکرمه و مدینه منوره. شهرستان برقان. باباجان سوار شد. باباجان دست تکان داد اتوبوس دستی را کشید. می‌رفتند مرکز استان پرواز.

مامان‌جون. خان‌دایی سامان ساسان مریم حامد وحیده شهلا رامتین محمودآقا شهین بابا مانی شیوا من شهناز.

جعفرآقا گوسفند را زمین زد. خون پاشید. وحیده حامله بود.

باباجان شهرفرنگ میاره برامون؟

آیفون تصویری روشن شد. منیژه در را باز کرد.

آقا حامد و نسترن خانم.

خان‌دایی پرتقال را پوست گرفت.

زمین‌ت رو بفروش به خودم.

چند؟

می‌سازیم با هم

نمی‌سازیم من و تو

بده برای این زن بگیر پیر شد

زن نمی‌گیره

۱۵٦

چرا زن نمی‌گیری؟

دایی حامد و نسترن رسیدند پشت در. منیژه در را باز کرد.

شیوا رفته بود گشته بود نزدیک بقیه‌الله رستوران پیدا کرده بود. رفته بود بازار ساعت خریده بود برای دکتر. برای خودش مانتو. شلوار جین. روسری. مانی نگفت کجا مادر نگفت کجا. تولد دکتر بخارایی بود. کت‌وشلوار. کراوات.

بَرگ.

دسر چی می‌خورید؟

دکتر مِنو را باز کرده بود .

کارامل

دوتا کارامل.

دکتر حساب کرده بود.

گفتم من حساب می‌کنم ها!

نمی‌شه.

مهندس زنگ زد. پول ریخته بود به حساب.

عمه هست؟

حال و احوال. چیزی از دستگرد نپرسید.

زود به زود بیا سر بزن مزدک جان!

عصرها می‌رفتم باباییان. اغلب تنها. گاهی مرنجانی. پرستو بلیط می‌فروخت. چرخ‌وفلک. ارابه. فیل‌مهربان.

چرا بهش می‌گی فیل مهربان؟

ببین چقدر مهربونه!

شبیه دامبو بود. با گوش‌های آویزان. لپ‌های قرمز. باجه را که می‌بست می‌آمد می‌رفتیم ته پارک. تاریک بود. خلوت.

دو تا چرخ و فلک.

پرستو بلیط را داد. از گِردی، پنجاه تومنی را سُراندم داخل.

بقیه پولتون!

حواسم رفت به چتری ها.

چرخ‌وفلک سوار شدیم. مرنجانی میله را محکم گرفته بود. پایین را نگاه نمی‌کرد. زل زده بود به من. من به خیال چتری‌ها.

راهنمایی که تموم شد ندیدمت دیگه

هفت هشت ساله.

رفتیم ازدواج غیابی. سمانه و میترا ایستاده بودند درِ سینما. از خوابگاه می‌نشستیم اتوبوس. سی‌وسه پل. اصفهان بلیط را آخر می‌گرفتند. نیکون سیاه را برده بودم. نیکون مانی. ایستادم دهانه. رودخانه خشک. ناصرالدین‌شاه ایستاد دهانه. عکاسباشی چلاند.

وقتی رفتیم تو خود سالن من و میترا یه ذره می‌افتیم جلو تو پشت سر سمانه راه بیافت من این‌سر تو اون‌سر. اونام بغل هم.

چهارتا.

شهرداری اصفهان. بلیط سینما ساحل را با مهر زده بودند.

چیپس بستنی؟

حصیری

حصیری

چوبی

حواسم بود کسی آشنا بچه‌های دانشگاه خوابگاه ناغافل مُچ‌مان را نگیرد.

چراغ ورود روشن شد. رفتیم سمت درها. ناصر و میترا جلو افتادند. سمانه رفت پلاستیکِ چوبی را بیاندازد. ناصر حواسش نبود.

هفت

کالباس خان

بابا کارت سوم را برد بالا دید. ندیدم. اولی شش دل بود دومی هفت خشت. محمودخان کارت دوم را کشید. دستها را چتر کرد. دید. لبخند زد.

برادر خانم عزیزم!

آس پیک آس خشت.

بابا آمد روی دو زانو. خان‌دایی را نگاه کرد.

همه‌ش بیست و بیست‌ویک!!!

بابا ورق سوم را نشانم داد. هفت دل. تولاند لای سوخته‌ها. هم زد.

شاه دوماد قند و عسل

دو کارتُ بانک‌ت!

محمودآقا گفت سی‌وهشت.

محمودخان کارت خودش را داد. دو کارت پشت هم کشید گذاشت روی هم. حامد خم شد برداشت. برد بالا. باباجان را نگاه کرد. سر تکان داد.

ببینم.

کارت‌ها را داد به خان‌دایی. سرش را بُرد سمت باباجان. ما همه خیره. لام تاکام. مجسمه. فقط سرها به چپ به راست.

محمودخان برو برای خودت

رو بیست خوابیده

بیستی شادوماد؟

محمودخان اول کارت خودش را دید.

سرباز دل. کارت دوم و سوم را با هم کشید. گذاشت روی سرباز. برد بالا. سراند.

شاه دوماد قند و عسل.

کارت‌ها را آرام گذاشت زمین. هشت پیک. سرباز دل.

رو کردی یا کارت می‌کشی از نو؟

سومیُ خودم ندیدم هنوز

نمیشه که!

چرا نشه؟

باباجان سر تکان داد.

مخلص حاج‌آقا!

آرام سُر داد.

ده لو پیک.

باباجان سر تکان داد. خان‌دایی سر تکان داد. بابا هیچ. محمودآقا سر تکان داد.

مهندس گفت *شَبشِه محمودخان!!!*

حامد کارت‌ها را تولاند. هم زد. سی‌وهشت گذاشت زیر بشقاب.

خان دایی گفت *جلوی حامد نمی‌خواد چیزی بگی.*

حامد و نسترن. ماچ و بوسه.

نسیم را آورده بودند. روسری بنفش. دامن کوتاه. جوراب شلواری سفید.

نسترن نشست دست راست شهناز. حامد کنار خان‌دایی. منیژه از نو چای آورد. پررنگ خوش‌رنگ کم‌رنگ.

نسترن کم‌رنگ برداشت. حامد خوش‌رنگ. مادر گفت نه. مریم گفت نه.

نبات انداختم.

می‌خواد تاریخ برقان بنویسه

مزدک!؟ برقان چی داره آخه!

داره دایی. هفتصد سال قدمت داره. کم نیست. قلعه دوشیر کم چیزیه؟

شده پر عَمَلی!

نسیم پرسید شیلا نیست؟

نیومدن.

میان؟

خان‌دایی گفت زنگ بزن *بیان* بچه *ها*.

نیامدند.

شیوا بهتره؟

خوبه همون‌جور یه کم.

خدا رحم کرد.

منیژه کاسه‌ی میوه را برگرداند. میوه‌های نو بَر. نبات را هم زدم.

آبجو نداری؟

نه

دارم تو ماشین بیارم؟

گرم نیست؟

می‌ذاریم فریزر.

حامد آبجوها را گرفت زیر شیر آب. فرز گذاشت فریزر. فرز گذاشت فریزر. فرز گذاشت فریزر.

چندتا می‌زنی؟

یکی.

نشئه بودم از دیشب. از محمودخان.

درجا می‌بنده. تگری!

منیژه سینک را خشک کرد. کف را تی کشید.

خان دایی گفت *زمین شهناز رو چند ورمی‌داری؟*

حامد همیشه زیر فی می‌گفت *سیصد سیصدوپنجاه*

پونصد مشتری بود

می‌دادی!

می‌گم بفروش بزن به یه کاری کار خیری.

نگفت برای این زن بگیر.

شهلا نسترن را بُرده بود مطب خان‌دایی. ساعت دو ظهر. جمعه. شهر خلوت. پرنده نبود. حامد اول شهلا را سوار کرد بعد رفتند دنبال نسترن. شهلا مانده بود بیرون. خان‌دایی روپوش سفید را پوشید. کورتاژ.

مامان‌جون تابستان تشک‌ها را می‌آورد حیاط. حلاجی. چیزی شبیه دسته‌ی هاونگ. چوبی. بزرگتر. می‌گفت مُشتَك. می‌بُرد بالا می‌زد به سیم تار. می‌گفت کمان. پنبه‌ها می‌رفت آسمان. سیم‌تارپنبه‌سیم‌تارپنبه‌سیم‌تارپنب‌سیم تارپن‌سیم‌تارپ‌سیم‌تار.

باباجان خرید را می‌داد جعفرآقا بیاورد. خورجین‌های موتور. می‌رفت می‌آمد.

روغن رو بذارم انبار؟

ببر آشپزخونه

کفش‌ها را می‌کند. یاالله می‌گفت می‌رفت تو. امان‌خان ظرف می‌شست.

کجا بذارم؟

ببر انبار

حاج خانم گفت!

امان‌خان شیر را بست.

حاجسیمتارخانمسیمتارحاجسیمتار خانمسیمتار.

نزن

حاج‌خانم. حاج خانم. روغن رو چرا فرستادین تو؟

نمونده

زیاده هست هنوز

بذار باشه.

جعفرآقا برگشت.

لیست رو دیدی؟

کالباس خان

لیست چیو؟

لیست خرید رو

ندیسیمتاردم.

نزن

ندیدم

بگیر از حاجی

چشم

تا عصر می‌خوام

چشم.

ناصر من را که راهی کرد رفت بند سوم. درخواست انتقالی را نوشته بود داده بود به وکیل بند.

جماعت ندیدمت!

میام همیشه

بیا خودت بده به حاج‌آقا امضاش رو بگیر.

از آنروز به بعد می‌ایستاد صف اول نماز.

تازه‌ای؟

بله حاج‌آقا دو سه هفته‌ایه

جُرمِت چیه؟

دزدی!

چی؟

تلویزیون خوابگاه

چطور رفتی دانشگاه؟

دانشجو بودم اونجا.

بودم را که گفت برگه‌ی انصراف رقصید.

چی می‌خوندی؟

ریاضی محض

چقدر بریدن برات

هنوز حکم ندادن

کاغذ را خواند.

"جناب آقای حجت‌السلام دامت برکاته"

ناصر را فرستاده بود بند سوم.

جمع‌کن دفترچه خاطراتُ.

تکیه داده بود به دیوار. پاها را جمع کرده بود توی سینه. غم عالم.

جمع‌کن دفترچه خاطراتُ.

پاها را جمع کرده بود. چهارزانو.

مهندس امشب ظرفآ با خودته

چشم.

جعفرآقا گوسفند را زد زمین. چاقوی زنجان. امان‌خان اسفند. جماعت صلوات. باباجان جان به در برده بود از حج. خیلی‌ها برنگشتند. جنازه‌ها یکی یکی می‌آمد. شهید حاج محمد کاظمی. شهید حاج علی راسخی. شهید حاج محمد طوفانی. شهید حاج. جمعه خونین

"مرگ بر امریکا. مرگ بر اسراییل. مرگ بر آل سعود"

باباجان مانده بود زیر دست وپا. آن‌زیر نفسش بند آمده بود. داد زده بود. داد زده بو. داد زده ب داد زده داد زد داد ز داد دا دا دا. خارومادر.

گوسفند را تکه کردند. شستند. چرخ کردند. پلوعدس. جگر را عصر زدیم.

حیفه این جیگر بی‌آبجو.

رفته بودند انبار. آبجوها گرم. انبار بزرگ بود و جادار. جا بود برای نشستن چینی‌های لب‌طلا چمدان‌های سفر بار و بندیل خنزر و پنزر.

نمی‌شه خورد

یخ بیارم؟

بدو

با یخ نمی‌شه.

لیوان‌های استانبول را چیدند. یخ‌ها. کف‌ها. سلامتی.

سلام آقاجون!

دایی هُول شد. خان‌دایی لیوانش را پنهان کرد پُشتش.

تنها خوری!!؟

حاج‌آقامونی.

حامد باباجان را ماچ کرد.

بریزم؟

نمی‌خورم پسرجان

سلامتی حاج‌آقا.

حاج‌آقا فرش‌ها را انداخته بود روی هم.صد تخته. کاشان. هریس. فراهان. راوَر. شاه‌سوَن. لیلیان. قسطی هم می‌داد به آشناها کارمندها.

جعفرآقا فرش را کول می‌کرد می‌بُرد تا ماشینِ مشتری. مدرس را می‌گذاشتند جیب پیراهنش شلوارش.

پشمک پشمک شیرین پشمک.

پشمک پشمک شیرین پشمک.

کیوان بابابزرگ را بُرده بود خواستگاریِ دست‌ها *از تو بزرگتره دردسر می‌شه چهار صباح دیگه! باباش رو من می‌شناسم. تو نمی‌شناسی. من می‌گیرم برات، ولی*

عقد کرده بودند. ساده. کیوان آمده بود باهار خواب. بابابزرگ که مُرد آمدند پایین رو به فواره.

سربازی رفتن؟

معاف شدم.

کفالتِ مادر. فرزند شهید. بابابزرگ افتاده بود دنبالش. پرونده ساخته بود. استشهاد محلی. آخوند مسجد. شهید مصطفی هدایتی. کیوان آزاد شیلات خواند.

گوینده چیزی می‌گفت. مییوت.ظریف ایستاده بود کنار مویگرینی.

چی بود اون آشتون!

مریم نگاه کرد *دکتر جان!*

خندیدیم. خان‌دایی گفت *والا*

دلا ر داری بفروش امروز فردا

میاد پایین؟

توافق نمی‌شه

نوشته به *توافق نزدیکن*

توافق نمی‌شه.

فیلمشه شنود جاساز کردن تو عصا.

نسترن خندید.

نسترن گریه کرد.

به مادر گفتم. مادر به شهلا گفت. شهلا به شهین. شهین به مامان‌جون. مامان‌جون به خان‌دایی. خان‌دایی به حامد.

مگه نگفتم حرف نیار نبر.

مگه نگفتم نگو به کسی!

مگه نگفتم نگو به کسی!

مگه نگفتم نگو به کسی!

شهین گفت *مزدک گوش می‌ایسته.* شهلا گفت *مزدک گوش می‌ایسته.* باباجان خواباند توی گوشم. ساسان ترقه‌ی دوم را کبریت زد. انداخت پشت دیوار اتاق باباجان. باباجان طاق باز خروپف. خارومادر. آمد حیاط. دمپایی‌ها را پوشید. درِکوچه پیش بود. من از پشت دیوار دویدم بیایم حیاط باباجان حاضروآماده. خواباند گوشم. به بابا نگفتم. ساسان قِسِردر رفت سامان قِسِر در رفت.

تُف

سامان عاشق شیوا بود. شیوا که می‌رقصید سامان تَکش را داده بود به دیوار غرق تماشا.

بخواب

خوابم نمیاد

پس برو.

شیوا پای راستش را دوتا عقب می‌گذاشت تنش را تاب می‌داد دست‌ها را یکی جلو دو تا کنار. کلاس دوم ابتدایی دختران آفتاب. مشق که می‌نوشت زل می‌زدم به مداد مشکی به مداد قرمز. بعضی‌ها را با قرمز می‌نوشت. بیشتر را با مشکی.

این آ باکلاه

نگاه می‌کردم.

این ب بزرگ

نگاه می‌کردم.

این ب کوچک

نگاه می‌کردم. مداد را می‌داد دستم.

نه اینجوری بگیر.

انگشت‌هاش را حلقه می‌کرد دور مداد قرمز.

اینجوری

آ

شهناز ببین مزدک نوشت

دُورت بگردم.

تارکان را سامان آورده بود. اورجینال .

احوال آقا شایان!

مخلصیم

سِبِل‌جان نیومده هنوز؟

زدم برات.

می‌گرفت می‌آورد می‌داد باباجان.

تاركان نیومده هنوز؟

اورجینال.

کادو کرده بود. یشمی. روبان قرمز. داده بود شیوا. شهناز به رو نیاورد. شهرام شادمهر را که داد قشقرق شد.

دَه‌تا دَه‌تا راه بده جعفرآقا.

باباجان می‌ایستاد کنار. دست‌ها پشت کمر. نگاه می‌کرد. گاهی می‌نشست. امان‌خان چایی می‌آورد. خوش‌رنگ. حامد می‌ایستاد بالا سر آشپزها. قابلمه را از طرف می‌گرفت می‌داد آشپز.

چند نفری؟

پنج نفر

پنج نفر.

چرخ کرده و کشمش را می‌ریخت روی پلوعدس.

هر سال سیصدکیلو برنج. نذر پدر باباجان بوده. روز عید قربان. اوایل گوشت می‌دادند. ده دوازده‌تایی گوسفند. بعدها عدس‌پلو.

جعفرآقا ته‌دیگ‌ها را جدا می‌گذاشت پلوعدس را جدا. چرخ‌کرده و کشمش را جدا. گازش را می‌گرفت.

حاج‌آقا من اِنقد بردم.

از دور نشان می‌داد.

ببر نوش جونت جعفرآقا.

چرخ‌کرده را نشان نمی‌داد. فقط پلوعدس. رعنا و ریحانه قابلمه می‌دادند. شهرام می‌آمد می‌برد. قابلمه‌ی محمودخان قابلمه‌ی مهندس. دیگ‌آخر می‌ماند برای خودی‌ها. سفره می‌انداختند. سرتاسر.

باباجان هر سال به همه عیدی می‌داد. اوایل پنجاه بعدها پانصد بعدها مُرد.

حامد پلوعدس نمی‌خورد. فقط سفید. آشپز هرسال برای حامد سفید دم می‌کرد. جدا. چرخ‌کرده را می‌ریخت روی سفید.

باباجان که مُرد وحیده را طلاق داد نسترن را گرفت. خانه را جدا کرد. رفت فرهنگیان. تینا دوم ابتدای بود. دختران آفتاب. اوایل با نسترن خوب نبودند.

درس نمی‌خونه نمی‌دونم چرا!!! ظهر لیوان رو زد زمین رفت تو اتاق. غذام نمی‌خوره.

تینا آخر هفته‌ها می‌رفت پیش وحیده. تا ازدواج. شوهرش گفته بود *نیاد دیگه*. تینا نرفت. کلاس پنج بود.

باباجان تابستان‌ها پلو عدس را با ماست می‌خورد زمستان با ترشی.

امان‌خان چای نبات را می‌آورد. خوش‌رنگ. دسته‌ی هَوَنگ را می‌زد به نبات‌ها. لیوانی می‌ریخت. کم و زیاد. برای دسته‌ی آشپزها می‌ریخت داخل قندان. کم. بیشتر قند.

انگشت‌هاش را گرفت زیر شیر آب‌سردکُن *نوچ شده بودن.*

ناصر و میترا جلوتر رفتند. ایستاده بودم سمانه بیاید *نوچ شده بودن.*

دلم می‌خواست دست‌های خیس را بگیرم. کنار دستیِ ناصر زن بود مرد نبود. جابجا نشستند.

اول باید میترا می‌شِست کنار زنه بعد تو می‌شستی. من کنار تو، سمانه کنار من

گفتم بهش همینو گفت نه

پا نمی‌ده به من.

چراغ‌های سی‌وسه پل روشن بود. افتاده بودند داخل هیچ. خشک. صحرای کربلا.

قلیون بزنیم؟

اوایل که آب داشت می‌نشستیم سکوهای بَرِ رودخانه. دیوارها را عکس آویزان کرده بودند. تسبیح. چراغ‌ها. نفتی پی سوز پریموس. خرت و پرت.

سیدعباس بگه بمیر باس بمیری.

سیدعباس وکیل‌بند بود.

کالباس خان

چشم.

چشم را می‌گفتم اغلب. کارم راه می‌افتاد *می‌پیچوندم*.

برو اتاق کالباس‌خان بگو اتو رو بِدن.

رفتم. کالباس‌خان دراز کشیده بود. اول سلام کردم. خیلی مودب. کله‌ای چرخید *فرمایش؟*

سیدعباس فرستاده اتو ببرم براش.

کالباس چرخید. نگاه کرد. بقصد خرید *برو پایین به ناصرِبَبره بگو اول سشوار رو برگردونه.*

ناصرببَره اتاق بغل بود.

بگو آقا مُشتبا گفته.

کف خواب‌های طبقه‌ی دوم کمتر بودند. آب جوش را می‌ریختند بطری نوشابه خانواده.

اتاق‌دارها دو فلاسک.

خانواده را می‌تولاندند لای پتو. داغ بماند دم بکشد. آب جوش را می ریختند روی چای خشک.

ناصر ببره گفت *کی فرستاده؟*

گفتم که آقا مجتبی

نمی‌شناسم

بالا اتاق اینوریه.

روی دیوار نقاشی کرده بودند. سبز کم رنگ. کرم. مشکی. چند نفر دیواری می‌ساختند. چند نفر سیمان. چند نفر علاف.

رفتم بالا *گفت نمی‌شناسه.*

بگو *کالباس.*

کف‌خواب‌ها نیامده ورق ساخته بودند. حکم.

کالباس‌خان!

برو به سیدعباس بگو هیتر رو برگردونه بعد.

سیدعباس گفت *کو اتو؟*

صبح زود سوار دربستی می‌شدیم تا بازار. شهید نوربخش را می‌پیچاندم. سال سوم که ترک‌چرخ زدم نشستم درس خواندن. نه می‌شد رفت زمین‌بریانک زمین‌خوش نه هیچ.

دایی گاز را ماندانا می‌خرید یخچال و فریز را آزمایش. پلوپز زودپز. آرام‌پز. اتو. آب‌میوه‌گیری. پنکه. چرخ‌گوشت. لباسشویی ظرف‌شویی. یک‌دوسه نارنجی.

چِک را داده بود برای پلوپز آرام‌پز. بارنامه را فرستاده بودند انبار.

نرسیده

نرسیده

نرسیده

کالباس خان

نرسیده

نرسیده

چک رو چرا برگشت زدی؟

رفتیم در مغازه پلوپزی‌آرام‌پزی. مانی هم آمد. دعوا شد. شیشه‌ها شکست. حامد را بردند کلانتری.

حامد گفت دختردایی نسترن.

خان‌دایی گفت چند سالشه؟

همسن مزدکه

نسترن گفت سی‌وپنج.

خان‌دایی گفت خوبه.

منیژه بستنی فالوده بیار.

خان دایی گفت منیژه اونا رو هم میاری.

آبلیمو پسته.

منیژه فالوده‌ها را ریخته بود کاسه‌ی بلور. بستنی را تُخس کرد.

کم بریز برا من.

کم بریز برای من.

منم اونقد زیاده.

شهناز چیزی نگفت.

دخترِ *دایی هاشم هم هست. تهرانه خودش*

چند سالشه؟

سی و دو

خوبه.

شهناز گفت *درس می‌خونه؟*

کار می‌کنه آزمایشگاه.

خان دایی گفت مبارکه.

آبلیمو را ریخت روی فالوده.

وایبر را در آورد عکس را نشان داد.

مریم نگاه کرد چیزی نگفت. مادر نگاه کرد چیزی نگفت.

نسترن موبایل را انداخت لای رژ لب سایه دستمال‌کاغذی رژگونه.

چند درصده اینا؟

شیش.

باباجان دو کارت خواست و بانک.

محمودخان دو کارت از زیر کشید داد دست باباجان. همه خیره.

پنجاه و هشت!

محمودآقا کمی رفت سمت محمودخان.

باباجان دستهایش را چتر کرد. ورق‌ها را سُر داد برای دکتر. خان‌دایی دید. ورق‌ها را سُر داد برای حامد.

می‌خواد هنوز.

خان‌دایی را نگاه کرد.

کارت.

محمودخان سومی را داد. باباجان گذاشت روی دوتا. برد بالا. سر داد. همه خیره.

هشت

بنز يشمی از ولتاوآ عبور کرد

بله دوتا. یکی می‌ره مرتضوی بین خوش و سلسبیل یکی حجاب.

شام را دکتر بخارایی حساب کرد.

خونه‌ش کجا بود؟

حجاب.

اغلب می‌رن بالا

نزدیک لولاگره!

ماشین چرا نداره؟

گفت داده تعمیرگاه

چی داره؟

نپرسیدم تو هم.

مانی سپرده بود آمار بخارایی را دربیاوردند.

١٨٣

احوالت رو پرسید

چی گفتی؟

گفتم خوبی!

نگفتی چرا کوتاه بریده؟

مانی گفت *تِنِستوسز!*

پله‌ها را یکی یکی می‌رفتم بالا. طبقه‌سوم. کلاس سوم انسانی. دوشنبه‌ها زنگ اول منطق بود. زنگ دوم عربی. زنگ سوم ورزش.

تفریح دوم که می‌خورد می‌رفتم پایین. می‌ایستادم به تماشا. حیاط بزرگ نبود. کوچک هم نبود. سه و سه. پنج دقیقه تک گل. اغلب چهار تیم پنج تیم. باقی می‌پیچیدند خانه.

از دوازده که می‌گذشت کم کم می‌شدند سه تیم دو تیم.

مزدک *واسا دروازه.*

با عصا می‌گرفتم. برخورداری می‌خندید.

امان‌خان یک‌سال بعدِ باباجان مُرد. منیژه را آوردند. از پله‌ها افتاده بود پای راستش شکست. گچ گرفتند. چند ماهی خوابید. چند ماهی با عصاهای من.

منیژه تر و فرز بود جوان. مامان‌جون پیر.

امان‌خان چند سالش بود؟

زیاد. کلفت مادرم بود. مادرشم کلفت مادرم بود

منم کلفتیتون رو میکنم.

منیژه کاسهها را برد. بلور را برد.

سه تا از اونا میاری

دو تا من نمیخورم دیگه

نشئه بودم از دیشب. محمودخان سنجاق را میتولاند لای سوختهها
میتراشید جمع میکرد داخل کاسهی مسی.

مهندس اول گُود برداری کرد.

دو طبقه انباری پارکینگ

ساختمان پزشکان انباری میخواد چیکار؟ کلا بشه پارکینگ.

نقشه را کشیده بود.

با شهناز و شهلا و شهین رفتیم خانه باباجان.

میگفتی منیژه بیاد کمک

زنگ بزن بیاد

من با مریم کار ندارم.

شهنازجون زنگ زد. منیژه آمد. تر و فرز. انبار را خالی کردند. هر کسی
چیزی برداشت. شیشههای شراب. لحافها بالشها چینیهای
لاجوردیِ لب طلا. آلبومها. کریستال استانبولی. مجمر.

اینو من ببرم؟

شهین نگاه کرده بود. شهلا نگاه کرده بود.

ببر.

رادیوی جیبی را تولاند لای دفترچه حساب لای رژ لب لای نواربهداشتی. توی کیف.

انبار هم خالی شد. مهندس صبح رسید. فعله‌ها رسیدند. از بالا شروع کردند. اول خرپشته. سقف. دیوارها. پنجره‌ها. شیشه‌ها. اتاق حامد. اجاق پلوعدس. انبار ته حیاط. رمباندند.

باباجان گفت نترس. دستش را گره کرده بود پشتش. پیژامه راه‌راه. ایستاد. حامد دستش هنوز به دیوار بود. باباجان راکه دید جا خورد.

حامله‌ست؟

حامد اول جعفرآقا را نگاه کرد. جعفرآقا مات‌ومبهوت. تگری زد وسط حیاط. سِرُم. مسکن. شب مانده بودیم خانه مامان‌جون.

قهوه دم کنید بدید بهش

من بلدم.

امان‌خان گفت قهوه نداریم.

جعفرآقا گازش را گرفت.

شهلا جان برا همه درست کن

چشم باباجان.

بوی قهوه، خانه را برداشت. قهوه‌ای بود. آرد بود مثل آردِنخودچی. سامان انگشت زد. من انگشت زدم. ساسان انگشت زد. مانی انگشت زد. شیوا انگشت زد. حامد افتاده بود.

فشارِش خوبه.

دایی قهوه را نخورد.

شکرریختیم‌شکرریختیم‌شکرریختیم‌شکرریختیم.

بسه نریز

تلخه!

نریز مامان جان

نریز

نریز

نریز مامان جان

نریز عزیزم.

قهوه تلخ بود. شیرین نمی‌شد.

باباجان گفت *امان شیر بیار.*

شیر ریختیم. بهتر شد.

ناصر گفت *سر کارِت گذاشتن.*

چرخانده بودنم دنبال نخود سیاه. اتو. سشوار. هیتر.

محمودخان سند مغازه را گذاشت. مانی گفت شهناز نفهمه. شیوا نفهمه.

دکتر فهمیده؟

بهتره نفهمه!

دایی نزدیکتره یا شوهر عمه؟

مانده بودند اصفهان. روزها قُلقلی شب‌ها رودخانه. حکم. گوش فیل دوغ.

این گوش فیل دوغ چیز عجیبیه‌ها!

محمودخان نمی‌خورد.

اول سند شهرستان قبول نکردند. رفتندآمدندرفتندآمدندرفتندآمدند. قاضی امضا کرد.

مزدک مختاری.

ناصر را بغل کردم. بوسیدیم. سیدعباس آمد پایین از تختش.

پیرهن رو کجا می‌بری؟

لُختم زیرش.

پیراهن را درآوردم دادم به سیدعباس. ناصر زیرپیراهنی داد تنم کنم.

ملاخورکرد جاکش!

تُخمته.

بوسیدیمبغلکردیم.

رفته بودند هتل کوثر. چهارستاره. تر و تمیز. شام و ناهار صبحانه. هشت صبح سر خط. می‌زدند. پیاده می‌رفتند تا نیکبخت. اداره کل دادگستری استان اصفهان. قاضی اول یک سال برید. محمودخان آشنا داشت. تبدیل کرد به وثیقه.

وثیقه شهرستان منع قانونی داره

کارشناس بیاد با هم بریم مترکنه قیمت بگیره

قیمت اینجا دستمونه.

محمودخان رفت سراغ آشنا.

مانی جان این بابا پول می‌خواد

چقدر

نگفته هنوز

می‌فرستم.

مانده بودند اصفهان.

رعنا جان! رعنا جان! تبدیل کنه اومدیم. کارشناس بیاد اومدیم.

کارشناس عکس‌ها را دید. برآورد کرد. داد قاضی. قاضی امضا کرد.

مزدک مختاری.

نریم یه هتل ارزونتر.

چرا؟!

کی تا حالا اینجاییم گرونه خیلی

وثیقه امضا بشه تمومه.

مانده بودند کوثر.

مهندس گاهی می‌پیچاند برمی‌گشت تهران. محمودخان گاهی می‌پیچاند برقان.

رعنا جان رعنا جان رعنا جان.

رفته بودند جلفا پیِ عرق. مامور می‌چرخید. رفتند وحید پیِ تریاک. گرفتند آمدند.

دوتا دود می‌گرفتی حال میومدی

این آرمنیا خوب عرقایی داشتن اون زمونا.

مامور می‌چرخید.

بریم خطره

بریم خطره.

رفته بودند وحید.

بده از همینجا با کشتی بیاد بندرعباس.

باباجان پول‌ها را گذاشته بود روی میز.

مبارکه.

قرارداد را باید می‌رفتند تهران نمایندگی.

بنز یشمی از ولتاوآ عبور کرد

تصدیق اگه داشتم می‌رفتیم تا استانبول از اونجا با کشتی.

شب راه افتادند خیابان‌های برلین. کوچه به کوچه. دِرپاف را پیدا کرده بودند. دِرپاف نبود. چند خانه بیرون شهر با خیابانش.

می‌رفتی می‌چرخیدی می‌نداختی بالا.

باباجان سیاه برداشته بود بهبودی شرقی.

تا پراگ چقدر راهه؟

نقشه‌ی اروپا را پهن کرد روی میز. دست گذاشت روی برلین.

این پراگه

راهی نیست!

اول چانه زدند.

تو هاندرِد

وان هالف وان.

پول‌ها را نشان داده بود. چانه زدند. چانه زدند.

بد نشد صدوپنجاه

مهمون من شیرینی ماشین!

صبح هتل را تحویل دادند.

باباجان جلو دروازه براندنبورگ ایستاده. تکَش را داده به مرسدس یشمی. خوشحال. ناهار را پراگ خوردند. سر مرز ویزا را زده بودند.

فیل‌ها به جلگه رسیدند

پاسپورتِ اون‌موقع رُ روی سنگ می‌ذاشتی آب می‌شد.

رفتند مرسدس، نمره‌ی بین‌الملل گرفتند.

راضی نمی‌شد بهبودی. خواهش *التماس کردم.*

راه افتادند پراگ. *راهی نبود.* چهار *ساعت.* چهار بعدازظهر رسیدند.

حیف نبود نبینیم *اینجا رو!*

تا براتیسلاوا رو خودت بشین *پس!*

بین‌الملل ندارم!

پلیس دیدی تو راه؟

برلین پراگ را تخته گاز آمده بودند.

بنزین بزنیم سر مرز؟

بزنیم اونور گرونتره!

کومونیستیه *ارزون‌تره بِگمونم!*

تو می‌گی بزنیم!

ایستادند پمپ بنزین. لب به لب بنزین زدند .

آبجو ارزونتر نیست اینجا؟

بِگمونم!

بهبودی دو باکس کرونباخِر انداخته بود گردن باباجان. کلمن گرفته بودند و یخ.

اینجوری بهترم شد. راحت.

مست نشی دکتر بِگامون بدی!

تو مستی منُ تا حالا دیدی؟

پاریس می‌خانه به میخانه!آمستردام می‌رقصید.

پسته بود هنوز. خرج سفر تا برلین نصف نصف بود بجز رد استریت و دِرپاف. از پراگ افتاد گردن باباجان.

بریم اول ناهار بعد بگردیم دنبال هتل!

گازشُ نگیریم؟

امشب؟

هنوز عصره تازه!

می‌شینی خودت؟

چقدر قشنگه اون پل!

بنز یشمی از ولتاوا عبور کرد.

حامد کک انداخته بود تنبان خان‌دایی بروند تایلند. دکتر زیر بار نرفته بود .

نمی‌شه!

کی می‌خواد بفهمه!

می‌فهمن همه!

با من!

دکتر خندیده بود *تو که تازه زن گرفتی نو کردی!*

خسته *می‌شه آدم.*

دکتر زیر بار نرفته بود اول. اول رفتند چین. لوازم مطب. اتاق جراحی. لوازم منزل سایدبایدساید. رفته بودند تایلند.

عشق *وحال*

جان *ِ من؟*

سه روز پاتایا سه روز پوکت!

باید بری!

یه جوری *می‌لیزه روت آب‌ت میاد!*

جان *ِ من؟!*

طبیعت. دریا. *آبجوی ژاپنی. اقیانوس. ببین یه سوسمارایی داشت اندازه فیل.*

جان *ِ من؟!!*

رد می‌شی دستت رو می‌گیرن می‌کشن تو

جانِ من؟!!!

اول رفته بودند پاتایا.

خان‌دایی اکراینی برداشته بود. دایی شرقی. خان‌دایی کره‌ای برداشته بود. دایی اکراینی. خان دایی ایتالیایی برداشته بود دایی کره‌ای.

رفتیم پوکِت.

خان‌دایی تایلندی برداشته بود. ماساژ بادی.

من امشب استراحت

ماساژ بزن با جکوزی.

خان‌دایی ماساژ زده بود با جکوزی با تایلندی با جانی‌واکر مشکی. دایی حامد خروپف.

رزمندگان اسلام طی عملیات پیروزمندانه والفجر هشت صدها تن از مزدوران رژیم بعثی را به اسارت گرفتند. در میان اُسرا اتباع کشورهای زیادی به چشم می‌خورند.

بابا آینه را می‌گذاشت روی لبه پنجره. متکا را می‌گذاشت زیرش. کاسه مِسی را آبجوش می‌ریخت. خمیر ریشِ آدم را فشار می‌داد روی فرچه. ریش می‌تراشید. رادیو دو موج.

نون *این پدرسوخته‌ها رو هم باید بدیم!*

با حوله صورتش را خشک می‌کرد. بساط را جمع می‌کرد می‌رفت مستراح.صورتش را می‌شُست مسواک می‌زد. کت و شلوار می‌پوشید می‌زد بیرون. مادر جاروبرقی.

سیزده‌بدر کجا بریم؟

باباکه بود گاهی با محموخان و مهندس گاهی مامان‌جون. ایران‌ناسیونال که آمد محمودخان باربند را می‌بست. صندوق عقب مانی و شهرام.

سیزده بدر کجا بریم؟

بریم دریاچه

بریم باغ

بریم دریاچه

بریم دریاچه

بریم باغ

رفتیم باغ

بارون گرفت.

سامان و شیوا رفته بودند قدم بزنند. شیوا دوم دبیرستان بود سامان سوم. رفته بودند لای سیب‌ها. شهرام نفت ریخت. ذغال‌ها گُر گرفت.

از نایب که آمدیم بیرون حامد آروغ زد.

حرف نداشت برگِش

دستت درد نکنه دایی جان

عید بیا وایست در مغازه

چشم دایی جان

پارسالم گفتی چشم پیچوندی!

محمودخان اومد. دستم شکست

نپیچون امسال!

چند روز مانده به عید صبح‌ها با محمودخان می‌زدیم بیرون. محمودخان می‌رفت قیصری. من دودهنه.

محمودخان و رعنا مهندس و ریحانه رفته بودند دریاچه. شبنم و پریسا و شهرام و آیدا آمدند باغ.

مانی ایستاده بود کنار خان دایی. نمِ باران دایی می‌پرسید. مانی جواب می‌داد.

آفرین احسنت.

حالا اگه فقط یبوست بود مدفوع با خون؟

پُلیپ روده احتمالش زیاده

رنگ مدفوع رو نپرسیدی چرا؟

گفتید خونی دیگه!

خون روی مدفوعه ولی خود مدفوع بستگی داره به رنگش. سیاه باشه. سبز پر رنگ باشه. قهوای تیره باشه.

مریم خیار پوست گرفت. شهناز گوجه. شهلا و شهین سیخ. برنج رو بذار گرم بشه.

حامد درِ دیگ برنج را برداشت. ریخت توی دهان.

دم نکشیده!

باقی را برگرداند توی دیگ.

دیگ آخر سیب‌زمینی می‌گذاشتند ته‌دیگ. روغن کرمانشاهی. کله‌پاچه‌ی گوسفند می‌ماند برای اولین برف زمستان. دل و جگر عصر با آبجو.

حامد آبجوی دوم را باز کرد.

سلامتی.

چندتایی پسته برداشت.

تینا جون مبارک باشه شنیدم دو قلو حامله ست.

کی به شما گفت؟

دکتر چندتایی پسته برداشت.

این امامزاده مال چند سال پیشه؟

حدودا هفتاد هشتاد سال.

شهناز گفت *مامان‌جون می‌گفت بوده از قدیم!*

اون یکی دیگه‌ست. شاهپور رو که می‌زنن امامزاده می‌افته وسط خیابون. اینو جاش ساختن.

نمی‌شه که!

داستان می‌شه تو شهر. یه سیدی بوده جد همین آخوند ختم دیروز

خدابیامرزه

سلامت باشید.

سلامتی!

خان دایی پسته برداشت.

ملت هر روز بعد نماز ظهر می‌افتادن دنبال سید، اعتراض و داد و بیداد

جدی می‌گی؟

عکس‌ش هست

خب؟

تو همین شاپور نفری یه مغازه می‌دن به جاسنگین‌های بازار که جمع می‌شدن، به سید سه تا.

همه زدند زیر خنده.

کتاب خوبی می‌شه.

احسنت آفرین.

بزن یه جای دیگه!

برزیل همیشه زرد می‌پوشه؟

داره! یه آبی خوش رنگی داره.

کاستاریکا مرتب گل می‌خورد.

این خلاصه‌ی بازیه؟

مگه مستقیم نیست؟

اونجا دم صبحه الان

صدا بده ببینیم چی میگه

چیزی نمیگه!

همه می‌دانستند دکتر تلویزیون را میوت می‌بیند. اخبار. کلیپ. فیلم. حیات‌وحش.

چیزی نمی‌گه!

حامد بلند شد کنترل را برداشت رفت ایستاد جلوی تلویزیون.

عادل گفت *رونالدینیو! این صحنه قبلیه وای وای*

حامد ایستاده بود بالای سر شهرام. بالای سر ذغال‌ها. نشست منقاش را گرفت. از کنار جمع می‌کرد می‌ریخت روی گرفته‌ها.

جوجه‌ها حاضره؟

بیا

شهرام رفت جوجه‌ها را آورد. وحیده بشقاب‌ها را در آورد. لیوان‌ها را در آورد. سفره را باز کرد بیاندازد.

زوده هنوز

تا بچینیم تا

بنز یشمی از ولتاوآ عبور کرد

عجله نکن

اینام مونده هنوز

الان کف قابلمه نون بذار و کره.

وحیده گشته بود دنبال کره لای چیزها. لای چیزها. لای چیزها.

آوُردید؟!

شهلا گشته بود لای چیزها *ایناهاش.*

حامد سرتکان داده بود *کوره!*

سامان و شیوا آمدند. گل چیده بودند چندتایی. زرد بنفش. خان‌دایی اخم کرد. من اخم کردم. ساسان خندید. شهرام جوجه را چرخاند.

سالاد رو می‌دی!؟

جوجه به *تعداد!*

آبلیمو.

نمک.

به به!

ظرف‌ها را انداختند گردن وحیده!

می‌بردیم خونه می‌دادیم *امان‌خان* بشوره خب

امان‌خان پسفردا میاد

برو بشور حرفت نباشه.

شیوا گفت منم میام.

سیدعباس پیراهنم را داده بود کالباس‌خان. ناصر بغلم کرد بوسیدیم میام باهات. با زیرپیرهنی کُریدور به کریدور آمدم جلو. سی‌وهشت روز تو بودم.

اینجا رو امضا کن

اینجا رو امضا کن

اینجا رو امضا کن

اینجا رو امضا کن

اینجا رو امضا کن

اینجا رو امضا کن

اینجا رو امضا کن

اینجا رو امضا کن

انگشت بزن   انگشت بزن   انگشت بزن

انگشت بزن انگشت بزن انگشت بزن انگشت بزن انگشت بزن انگشت بزن انگشت بزن

آمدم بیرون.

مهندس و محمودخان ایستاده بودند جلوی زندان. از عصر.

با اتوبوس برو.

راهی نیست.

مهندس آخوندی را آورده بود.

با اتوبوس برو راهی نیست.

محمودخان پای راستش را گذاشته بود روی سنگ زیر گنبد مسجدشاه. دست‌هاش را بُرده بود عقب. محکم زده بود به هم. شاه رقصیده بود.

یه زنه اومده بود دف می‌زد. غوغا غوغا.

اومدن جمعش کردن که!

همونم خوب زد.

رفته بودند عالیقاپو.

چقدر بستنیش خوبه

می‌خوری باز؟

مهندس مادر خرج بود. باجناق بزرگتر. مانی پول فرستاده بود صرافی .

چهل‌ستون.

پیاده آمده بودند سی‌وسه‌پل .

گوش‌فیل دوغ بزنیم؟

فِرنی بزنیم؟

بریونی بزنیم؟

شام را اغلب بیرون می‌خوردند. ساندویچ. پیتزا.

نون و پنیر بگیریم امشب. چاق شدیم.

چرا انقدر چاق شدی بابا؟

آیدا خیلی دیر فهمید. سه چهار سال بعد *چرا نگفتی؟*

چیزی نبود آخه!

دو ماه زندان بودی!

تبرئه شدم خب

دزدی کردین واقعا؟

نه به خدا!

خیلی دیر گفت دوستت دارم. دوستت ندارم.

شهناز که آمد دوربین آورده بود. کانن. دیجیتال. لنز تله واید. مانی فرستاده بود.

مانی دوبار رفته بود نیویورک. دفعه‌ی اول را تنها رفته بود. دفعه‌ی دوم با فرانک با نیما با مینا.

از زندان که آمدم خوابگاه راهم ندادند. یک ترم تعلیق. مانی پول فرستاد برای خانه. کوی امام. پنجاه متر دو اتاق دستت درد نکنه خوبه.

نزدیکه به دانشگاه؟

آره یه ربع

بچسب به درس

چشم!

گاهی برمی‌گشتم تهران. می‌رفتم باباییان. با پرستو می‌رفتیم ته پارک. تاریک بود و خلوت. دستم را گرفت. نگاه کردم کسی نباشد. کسی نبود.صورتم را بُردم جلو که یعنی ببوسیم.

پر رو نشو!

شهناز که برگشت آخر پاییز بود. تهران بودم.

خونه چرا گرفتی؟

خوابگاه ندادن دیگه!

چرا؟

میدن به ترم جدیدی‌ها.

نگفتم دستگرد بودم.

خوب کردی موها رو کوتاه کردی ریشاتم می‌زدی چیه این!

مانی پول را فرستاده بود صرافی. مهندس ریخت به حساب.

رسید زنگ بزن.

چند روز طول کشید.

نرسیده؟

امروز رفتم نرسیده بود.

فیل‌ها به جلگه رسیدند

امروز رفتم نرسیده بود.

رسید.

رهن کامل. اجاق‌گاز یخچال فرش تلویزیون بشقاب و چنگال دمپایی و جارختی. همه را رفتم جامی دست دوم خریدم.

هم‌خونه بگیر تنها نمونی!

به یک نفر همخانه نیازمندیم. تلفن. از ساعت پنج عصر الی ده شب.

چسباندم سلف چسباندم سلف دخترها چسباندم خوابگاه دخترها خوابگاه پسرها.

می‌ماندم خانه. زل می‌زدم به گوشی.

الو بفرمایید؟

چند نفری زنگ زدند. پسندم نشد. چند نفری مزاحم فوت می‌کردند.

برگشتم جامی

تلفن منشی‌دار ندارید؟

تلفن منشی‌دار ندارید؟

لطفا بعد از شنیدن صدای بوق پیغام خود را بگذارید. با تشکر مختاری.

برای چند روزی آب را باز کرده بودند. مرغ‌های سیبری هر سال اواسط پاییز می‌آمدند مهمانی اصفهان.

اینا کجا رفتن پارسال؟

رفتن جای دیگه حتما.

زانوی چپ را می‌گذاشتم زمین. آرنج راست روی پای راست. فلو. فوکوس. ایزو. دیاف. وایت‌بالانس. می‌چلاندم.

چگونه عکاسی بیاموزیم. عکاسی پایه. ترکیب‌بندی. تکنیک عکاسی. کتابخانه مرکزی دانشگاه اصفهان. کتاب‌ها را می‌گرفتم می‌آوردم کوی امام.

چند نفری آمدند. پسندم نشد.

سمانه شب‌ها ده به بعد زنگ می‌زد. گاهی می‌آمد چند روزی می‌ماند. آخر هفته‌ها بیشتر. عصر چهارشنبه می‌رفتیم عکاسی. فیگور می‌گرفت. می‌خوابید روی چمن‌ها. کنار گل‌ها می‌ایستاد. خیره به زاینده رود خشک.

بگیر بازم. بگیر بازم. بگیر بازم.

این همه گرفتی.

قرص ماه. پل‌خواجو. سه پایه را گذاشتم. کادر را تنظیم کردم. منتظر ماندم ماه طلوع کند.

با خواجو ازم بگیر

اون شب گرفتم!

اون شب ماه نبود

چلاندم.

رفت و آمد سمانه سخت بود. شب‌ها دیر وقت صبح‌ها آفتاب نزده.

مانی به چند نفر سپرده بود. کسی چیزی نمی‌دانست. بخارایی نه باکسی دوست بود نه رفت و آمدی داشت. قرار خواستگاری راگذاشتند.

مبل بگیریم؟

فرشآ رو عوض کنیم؟

تنها میاد!

چرا تنها میآد؟

فُوت کردن مامان و باباش.

مشکوک نیست؟

ریحانه گفت به شهناز جون بگو اینجام هست خونه خودتون!

شهناز چیزی نگفت.

شیفت‌هاش رو می‌دونی؟

سه‌شنبه عصر کمین کرده بود کوچه‌ی منتهی به ولیعصر. رنوی زرد. بخارایی آمده بود. کت و شلوار.

تاکسی آمد. مانی خیابان به خیابان کوچه به کوچه. رسیده‌بودند دآرآباد. بخارایی رفته بود داخل. مانی چند ساعتی ایستاد. چند نفری آمدند چند نفری رفتند. پیتزایی. سه نفر آمدند ایستادند جلوی در. چسبیده بودند به وسطی.

تاکسی آمد.

بنز یشمی از ولتاوآ عبور کرد

شهناز می‌رفت سر پنجره. هر دو سر کوچه را نگاه می‌کرد. مانی رنو را نمی‌آورد کوچه. همانجا سر خیابان. قفل می‌زد. قفل می‌کرد.

بخارایی ساعت یک و نیم آمده بود بیرون. ایستاده بود. تاکسی آمد. خیابان به خیابان کوچه به کوچه.

پنج ساعت و چهل و پنج دقیقه تو خونه بود.

چیکار می‌کردن؟

نفهمیدم.

مشکوک بود؟

سه نفر با هم اومدن بیرون. وسطیه انگار خِفت شده بود.

چند شب بعد شیوا را برده بود. خیابان به خیابان. کوچه به کوچه. دکتر بخارایی رفته بود داخل. هشت ساعت.

چند نفر آمدند. چند نفر رفتند. پیتزایی که رسید شیوا پیاده شد رفت سمتش. تراول بیستی را گذاشت جیبش.

بده من ببرم

نمیشه خانم

چه فرقی داره؟

می‌برم پولشم می‌گیرم میارم

نمیشه.

مانی کلاه پیتزایی را گذاشت سرش. یونیفورم نارنجی را تنش کرد. رفته بود بالا.

همونی که شب اول یارو رو خفت کرده بود اومد دم در پیتزاها رو گرفت پول رو داد در رو بست.

ندیدی تو رو؟

چرا دیدم!

توپی که بابای ابراهیم خرید سوراخ شد. دوباره نشستیم روی سکوها. گاهی قایم‌باشک.

چیه بابا حال‌نمی‌ده!

آخر تابستان بود. کوچه‌ها پر از ساقه‌ی بلال. افتادیم به جمع کردن. تقریبا سه گونی. ابراهیم رفت کوچه‌ی همسایه *فردا ساعت یازده صبح خونه خرابه.*

ما بلال می‌زدیم. آنها بلال می‌زدند گاهی لابلا سنگ.

گونی اول تمام شد. گونی دوم تمام شد.

آخ.

یکی از بچه‌های کوچه همسایه بود. سرش شکافت. خون آمد. فحش دادند. ابراهیم با سنگ زده بود.

آقای ناصوتی چند سالی خرابه را رها کرده بود رفته بود شمال. تک و تنها. جنگل. اول در انداخت برای نمیه‌کاره. دیوارها را از نو چید. آجر قرمز. عصر همه را جمع کرد. دور تا دور ایستادیم.

بنز یشمی از ولتاوآ عبور کرد

بچه‌های عزیزم من امروز اومدم که ازتون یه خواهشی بکنم.

جور خاصی حرف می‌زد.

فهمیدی چی گفت؟

نه.

نه.

از کجا اومده؟

بابا گفت خارج بوده.

محمودخان گفت من اینو می‌شناسم یک پدرسوخته‌ایه.

بابا و محمودخان رفتند پیش ناصوتی. ناصوتی دیگر نیامد سمت بچه‌ها.

کیوان از بابابزرگ شنیده بود بچه‌باز.

بچه‌باز چیه؟

نمی‌دونم.

شهناز زنگ زد به مهندس. با مانی رفتند دادسرا. خاندایی زنگ زد. پروانه طبابت را فرستاد.

می‌گن خودت باید باشی دکتر جان.

دکتر جان آمد تهران.

پروانه طبابت رُ روی سنگ بگذاریش آب می‌شه.

حامد آمد بیرون. یک روز پاسگاه. سه روز قرنطینه اوین. پلوپزها رفت که رفت. آرام‌پزها رفت که رفت.

یارو تکِش رو داده بود به دیوار. ایستاده بود. ناغافل بالا آوُرد. کثافت ها کثافت.

خوبه بچه باز مچه باز نبوده اونجا.

همه خندیدند.

حامد خسارت شیشه‌ها را داد. رضایت داد رضایت گرفت. پروانه طبابت را برگرداندند روی دیوار.

خان دایی گفت ببینم.

باباجان هر سه کارت را سُر داد روی قالی. حامد کشید سمت دکتر.

می‌خواد هنوز.

نمی‌خواد.

می‌خواد.

برو برای خودَت.

مهندس گفت رو بیست خوابیده حاجی.

محمودخان اول حاجی را نگاه کرد بعد دو کارت رو کرد. بی‌بی پیک سرباز پیک. سریع باباجان را نگاه کرد. مجسمه.

سرباز خشت.

محمودخان کارت چهارم را گذاشت روی سربازها. دستها را چتر کرد. دستها را برداشت. نفس را داد بیرون.

به‌به

نُه گشنیز.

باباجان قرمز شد.

چندی حاجی!

دکتر قرمز شد.

کارت می‌کشی یا تمومی؟

کی شمرده؟

شش و ده با بیست و هشت پنجاه و شیش.

دوباره باباجان را نگاه کرد.

صلح؟

بگو!

دو کارت از من بسوزه دو کارت از شما.

که چی بشه!

محمودخان جلدی پنجمی را زد. بی‌بی آمد. باباجان تولاند لای سوخته‌ها. شصت و هشت شمرد گذاشت زیر بشقاب.

باجناق عزیزم!

بانک‌ت پره.

در خدمتم.

بیست ورمیدارم.

پنج.

کارت بده پس!

بلند شدم زدم بیرون از اتاق.

شهلا پرسید کی برده؟

وحیده پرسید کی باخته؟

رعنا پرسید کی باخته؟

ریحانه چیزی نپرسید. شهناز چیزی نپرسید. مامان‌جون چیزی نپرسید. محمودخان را گفتم و تولیدم آشپزخانه. امان‌خان ایستاده بود کنار جعفرآقا چی می‌خوای؟

آب

دستم نمی‌رسید. امان‌خان آب را داد دستم برگشت پیش جعفرآقا.

یه لیوان دیگه.

امان‌خان آب را داد دستم برگشت پیش جعفرآقا.

نشستم زمین. گذاشتمشان روی سنگ آشپزخانه. دستم را خیس می‌کردم می‌کشیدم به بیستی‌ها دهی‌ها.

چقدر جمع کردی؟

سه‌تا بیستی سه‌تا دهی.

سامان خوب جمع کرد!

اونجوری صاف نمی‌شه.

باید اتو بزنی.

نگاه کردم به ریش مدرس. پول‌ها را جمع کردم تولاندم جیبم. رفتم اتاق مامان‌جون. وحیده دراز کشیده بود روی قالی. شهلا شکمش را ماساژ می‌داد.

چی می‌خوای؟

کمد دیواری را باز کردم.

اتو!

براکی می‌خوای؟

هیشکی!

وحیده چرخید نگاهم کرد.

بذار سرجاش.

منیژه اول رخت‌خواب‌ها را برد حیاط. بعد چینی‌ها را. بعد چمدان‌ها را. مبل‌های عروسی حامد مانده بودند ته انبار؛ مخمل سبز آبی طلایی. شکسته. پاناسونیک. ویدئوها. سبیل کَن.

این لباس رو بدین من ببرم برای مستحق!

تو دسته‌کن.

اینا رو بذار بیرون جعفرآقا ببره.

چمدان‌های قدیمی. خمره‌های شراب. شراب‌گیری. کمدهای قدیمی. منیژه عکس‌های تایلند را پیدا کرده بود. لای لباس‌های حامد داخل چمدانی قدیمی. پاکت سفید. آرمان فُتو تهران نبش انقلاب. نه شهناز دید نه شهلا نه شهین. رفته بودند سراغ چینی‌های لاجوردی لب طلا. منیژه پاکت را تولاند توی کیفش لای نواربهداشتی دفترچه بیمه دفترچه تلفن رادیو دو موج.

نُه

کیفیت آینه

خواجه ایستاد پیش‌نماز. بچه‌ها سه ردیف.صف سوم ایستادیم. کوکوی برخورداری گلویم را گرفته بود. رفتیم دراز کشیدیم. چندتایی دور خواجه جمع شده بودند. میرمحمویی خروپف. میرزایی خروپُف.

خوابم برد. خواب دیدم. مانی پرواز می‌کرد. سرش را تراشیده بود. دست‌هاش باز.

تخته بزنیم؟

مانی و خان دایی نشستند. آیدا رفت پیش شهناز. شهرام کنار مانی. با ساسان شوت در جا زدیم.

یک شما

با اجازه.

وحیده و شیوا آمدند.ظرف های شسته. سگ نری افتاده بود دنبالشان. سامان چوب را برداشت.

نزنیش ها.

چوب را پرت کرد سمت سگ نر.

زدی کورش کردی!

چوب تابیده بودتابیده بودتابیده بود.

مانی بیا کورِش کرد!

شش و سه!

همه برگشته بودند سمت سگ. سمت سامان.

سگ تابید دور خودش. تابید دور خودش. تابید دور خودش. تابید دور خودش. هجوم بُرد سمت سامان.

بنز یشمی خیابان ونتسِسلاس زیر سایه درختی ایستاد. اواخر شهریور. چند برگ زرد رقصیده بودند. مُتل. معقول. پنجره‌های رو به وُلتاوا.

این پیرهن خیلی بهت میاد دکتر!

پیراهن. شلوار جین. شش تیغ. اول رفته بودند رستوران. بعد قلعه قدیمی پراگ.

یه کم بیا سمت راست!

می‌چلاند.

ایستاده‌اند جلوی کلیسای ویتوس مقدس. ایستاده‌اند جلوی کاخ سلطنتی. ایستاده‌اند وسط پل چارلز. حتما پولاروید را می‌داده‌اند رهگذری توریستی کَسی!

آبجو بزنیم؟

داریم که تو ماشین

اونا برا تو جاده.

اول آبجوی پیلزنِر. بعد شراب وینو. بعد جانی‌واکر طلایی.

از بس مست بودیم دو ساعت همینجوری می‌گشتیم تو خیابونا!

پاتیل بودید!

صبح گازش را گرفته بودند. مرز یوگوسلاوی پاسپورت‌های شاهنشاهی بنز یشمی پلاک بین‌الملل. گذربند رفته بود بالا. براتیسلاوا.

ناهار رو بزنیم مستقیم بریم بلگراد.

چرا نمونیم شب؟

شهری نیست کومونیستی.

ناهار را خورده بودند. چندتایی عکس. چندتایی آبجو.

دیشب شبی بود!

پاریس پاتیل‌تر شدیم یا دیشب؟

دیشب.

دکتر بهبودی ایستاده بود کنار ولتاوا. زیپش را کشیده بود پایین. باباجان ایستاده بود کنار ولتاوا. زیپش را کشیده بود پایین. دراز کشیدند روی چمن‌ها. ماه طاق آسمان. امتداد رودخانه را آمدند تا برج ساعت.

اونجا عکس نگرفتیم دکتر؟

خیابان ونت ونتس چی ون سِسِل اسن لاس سِسِلاس.

چخه!

گم شدیم

ده بار اومدیم رفتیم.

اوناهاش هتله

همه خندیدند.

پاتیل بودید حاجی!

نرفتیم قمارخونه!

پوکر بلدی؟

بیست و یک بلدم!

بلگراد که کومونیستیه کازینو نداره

صوفیا استانبول!

می‌بازی!

ببینیم لااقل!

حیف نبود پراگ رو نبینیم؟

حیف بود.

کیفیت آینه

کرونباخن را باز کرد نم‌نم نوشید. پسته‌های کرمان.

استانبول اول رفتند بندر. یشمی را بارنامه کردند. چمدان‌ها را برداشتند. مستقیم رفتند فرودگاه.

مانی از لای در دیده بود هیکل میزون رفت پول‌خورد بیاره چند نفر نشسته بودن دور یه میز.

خب؟

تو چرا گوش وآسادی!

چرخیدم سمت دیوار.

مانی دو سه نفر را شناخته بود دکتر پشتِش به من بود.

بخارایی چند باری زنگ زد.

نیست.

نیست.

سلام آقای دکتر. نیست.

رفته بود دانشگاه. رفته بود تریا. نشسته بود روبه‌روی شیوا.

قماربازی؟

نه!

دآراباد چی‌کار می‌کنی پس؟

عصر شیوا نیامد خانه. زنگ هم نزد.

زدم شبکه سه. ناسیونال. چهارده اینچ. رنگی. فوتبال بود.

صداش رو ببند.

درس نداری مگه تو!

خوندم!

انسانی. عشق و حال!

خندیدم.

می‌خندی؟

جواب ندادم. خیره شدم به علی دایی. خداداد عزیزی. کریم باقری. عابدزاده. مهدی مهدوی‌کیا. جواد زرینچه. محمد خاکپور. علیرضا منصوریان. مهرداد میناوند

رشته چی داره انسانی؟

خداداد عزیزی تودَر انداخت. دایی نرسید.

داره!مدیریت داره اقتصاد داره ادبیات داره حقوق داره علوم سیاسی داره.

عابدزاده توپ را با دست فرستاد تا وسط زمین.

تو چی می‌خوای بری؟

نمی‌دونم.

دلم می‌خواست مربی فوتبال باشم. نمی‌شد به مانی گفت. نمی‌شد به شیوا گفت. نمی‌شد به شهناز گفت.

حقوق خوبه!

دلم می‌خواست بنشینم جای بلاژویچ.

بزن دو ببین سریال داره؟

بلند شو بریم ببینیم این دختر کجاست!

شهناز و مانی رفتند.

نوار ویدئو را تولانده بودم لای لباس‌های زمستانی.

اینو برو ببین!

اون قبلیه خیلی خوب بود

این بهتره.

سوپرهای مرنجانی حرف نداشت.

کیفیت آیینه!

اول صدای تلویزیون را کم کردم. رباب خانم. سکینه خانم. سوپر را گذاشتم.
مشغولشدمشغولشدمغولشدمولشدملشدمشدم. سینه *هاش*. سینه‌هاش.
سینه‌ها. سینه‌ه.سینه.سین.سی.س. کلید چرخید. در باز شد.

سمانه آفتاب نزده می‌زد بیرون. خراسانی طاس بود. حدود پنجاه‌وپنج. کارمند بانک. تنها. کاری به کارم نداشت.

فیل‌ها به جلگه رسیدند

فقط حواسِت باشه همسایه‌ها نبینن

چشم

خیلی فضولن کار دستمون ندن

چشم.

سمانه نشست کنار زن کنار میترا. میترا کنار ناصر. ناصر کنار من.

بریم شام؟

دیر میشه خوابگاه.

رفتند. رفتیم قلیان.

سرمان را همان روز اول تراشیدند. هفته اول فقط یکبار تلفن بود. هفته
دوم رفتیم حمام. همه بند به خط شدند. کالباس‌خان نفر اول ایستاده
بود. کریدورها را می‌آمدیم. از کنار دیوار. دیوارهای سبز بی‌رمق.

هر سه نفر یک دوش سه دقیقه.

آب ولرمه!

صابون رو بده.

اول من رفتم. بعد ناصر. بعد بختیار قاچاقچی تریاک.

از من سرد شد.

ریحانه آب گرم را با کاسه‌ی مسی می‌ریخت. ده بار صدبار. رعنا خشک
می‌کرد.

کیفیت آینه

قربون بشم پسر رو.

کلاه لبه بلندی سرم می‌کردم. شلوار جین.

چایی

چند تا؟

اینم برداشتم.

سمانه آمد تو. دستپاچه شدم.

سلا

سلام

چی می‌خوایید من بگیرم!

نشستیم سمت باجه‌ی پُستِ دانشگاه. عصر بود. خلوت.

موهات رو چرا کوتاه کردی!

موخوره گرفته بود

اون دوستت کو؟

هست

اون دوستت کو؟

ازدواج کرد.

ناصر تا سال بعد زندان بود.

بریم سینما؟

بریم!

نشستیم کنار هم.

بریم شام؟

بریم.

نشستیم کنار رودخانه. خیره به فواره.

با فواره ازم عکس بگیر.

تنظیم کردم. دیاف بستم. ایزو دادم. چلاندم. فلو شد. چلاندم. فلو شد.

سه پایه می‌خواد

بذار رو نیمکت

کتاب داری تو کیفت؟

گرامر زبان انگلیسی. گذاشتم زیر دوربین. چلاندم.

بیا ببین

اینا دیگه فیلم نمی‌خوره؟

دیجیتاله.

گذاشتم روی تایمر. ایستادیم کنار هم. فواره می‌پاشید توی آسمان. موج برمی‌داشت. پودر می‌شد.

دیرت نشه خوابگاه

بریم.

اتوبوس‌های سی و سه پل ترمینال صفه.

تو همون خوابگاه پیاده می‌شی؟

ایستگاه بعدش!

نشستیم کنار هم. اتوبوس خلوت بود. مردی میانسال خیره شده بود به چهارباغ.

دوربین را تنظیم کردم. چلاندم. فلو شد. چلاندم فلو شد.

بذار رو شونه‌ی من.

گذاشتم. چلاندم. خوب شد.

عکس‌ها را ایمیل می‌کردم برای مانی. عکسهای شهناز. عکس‌های اصفهان. عکس‌های برقان.

چقدش رو نوشتی حالا؟

نوشتم. منابع جمع کردم بیشتر

از کجا؟

کتابخونه ملی. اینترنت

چند صفحه می‌شه؟

دو جلد

آفرین احسنت.

گوشی شهنار زنگ خورد. مانی بود. با همه حرف زد.

من دیروز حرف زدم.

گوشی را دادم به خان‌دایی.

سلام مانی جان.

خان دایی بلند شد رفت آشپزخانه.

ببین مریم کار نداره!

منیژه آمد بیرون.

حامد زد بی‌بی‌سی.

کسری ناجی بی‌بی‌سی وین.

ظریف دست تکان می‌داد. می‌خندید.

چایی هست منیژه خانم؟

منم

منم

کم‌رنگ.

منیژه رفت آشپزخانه. حامد کانال عوض کرد. منیژه برگشت.

چایی پس؟

آقای دکتر گفت برم.

بزن منوتو.

عکس‌های تایلند چند روزی ماندند لای نواربهداشتی. لای دفترچه تلفن. سایه. رژ گونه.

ماساژ بادی. ماساژ تایلندی. استخر. باغ‌وحش. قایق. اقیانوس. رقص و پایکوبی. سیاحت مجانی.

منیژه رفته بود اداره پست.

یه پاکت بزرگم به من بدید. آدرس: برقان. منزل دکتر مشرف‌پور برسد به دست خانم مریم تلیسچی.

منزل دکتر مشرف‌پور؟ بسته پستی دارید.

قشقرق به پا شد. منیژه می‌ایستاد کنار من نبودم که فقط. شهناز جون. شهلا خانم. شهین خانم.

گردن نگرفت.

ببخشید می‌شه این آدرسی که می‌گم رو بنویسید.

فرستنده را نوشته بود برقان خیابان امام خمینی. پلاک ۸/۳۹۸.

خان دایی ده بار امام‌خمینی را آمد. رفت. آمد. رفت. پیدا نکرد. رفت پست.

دوربین ندارید مگه؟

خارجه مگه آقای دکتر!

منیژه قِسرِ در رفت.

کار شهینه!

چیکار به خواهرای من داری!؟

عکسای تایلند چیزی نمونده بود به‌فنامون بده

دایی حامد بلند بلند خندید.

شهناز آمد تو.

چی کار به اتو داری؟

اتو را برگرداندم سر جایش.

شهلا و شهین شکم وحیده را می‌مالیدند. امان‌خان اسفند آورد.

برو بیرون.

سرم گرمِ ریش مدرس بود.

برو بیرون.

امان‌خان دستم را گرفت بلندم کرد.

یکی بره بگه بسه دهِ شبه!

محمودخان، ریحانه و شهرام و آیدا و مهندس را برد. تیز برگشت.

سامان گفت *ببین می‌شه از اینجا دید؟*

مانی گفت *پرده‌ها رو می‌کِشَن.*

کیفیت آینه

سوراخ کلید چی؟

ساسان گفت چی شده؟

نمی‌دونم.

شوت در جا بزنیم؟

بزنیم.

دو به دو بزنیم!

بزنیم.

خیابان خلوت بود. سنگها را گذاشتیم. ایستادم دروازه.

محمودخان بی‌زحمت ببر بالاتر.

محمودخان شادوشنگول رفت پنجاه متر جلوتر.

این صدی برای تو.

این صدی برای تو.

این صدی برای تو.

این صدی برای تو.

رفت تو.

شینگوله!

خیلی بُرد.

نگاه‌ها چرخید سمت من.

چقدر؟

خیلی

دست‌هام را باز کردم.

گاهی مانی با ساسان پاسکاری می‌کرد. سامان با من نه.

سگ هجوم برد سمت سامان. ساق پا را گرفت. زوزه می‌کشید. خان‌دایی با چوب افتاد به جان سگ.

ببریم هاری بزنیم؟

کزازم می‌خواد!

نمی‌خواد!

پاچه را داده بود بالا. جای دندان‌های سگ مانده بود روی ساق. خان‌دایی از ماشین بتادین و گازاستریل آورد. کیف پزشکی همیشه همراهش بود.

ببریم هاری بزنیم

عصر که رفتیم سر راه می‌زنیم.

دیر نشه.

دیر نباشه دکتر!!؟

خان‌دایی تاس ریخت. مانی تاس ریخت. سامان نشسته بود روی صندلی. پا را دراز کرده بود. باباجان تخمه را گذاشته بود روی پای سامان.

چی کارِ سگ داشتی!!؟

مامان‌جون گفت *خدا رحم کرد.*

فردا یادت باشه صدقه بدی اول صبح. سامان نوه‌ی ارشد بود. پسری. دردانه.

محمودآقا تا بعدازظهر شیفت بود. کارمند هلال‌احمر. با ماشین دولت می‌آمد و می‌رفت.

جوجه زدید *ها!؟*

شهلا جوجه را گرم کرد. برنج را گرم کرد. سالاد را سس ریخت.

گوجه نمونده؟

نه

طوری نیست حاج خانم.

شش و سه.

کُشته داری!

خوب شد بالاتر رو نگرفت!

همه خندیدند. باباجان نخندید. محمودآقا سرش را انداخت پایین.

نبات هست؟

شهلا نبات ریخت.

شهین ورق‌ها را بُر زد. شیوا کنارش نشسته بود.

نیت کن!

آیدا چشم‌هاش را بست. فوت کرد. چشم‌ها را باز کرد. چند ورق از زیر کشید گذاشت رو. شهین ورق‌ها را چید. ورق‌ها را چید. ورق‌ها را چید. ورق‌ها را چید.

رفتم جلوتر. کنار شیوا.

آس دل. آس پیک. دو لو گیشنیز. هشت خشت. سرباز پیک. شاه گشنیز. بی‌بی دل.

به گوشم بگو.

زل زده بودم به شهین.

برم واکسن بگیرم بیام.

خان‌دایی گفت *نمی‌خواد.*

کُزاز چی؟

زده چند وقت پیش.

شهلا دوباره نبات ریخت. محمودآقا هورت کشید.

دایی حامد گفت *خان‌داداشِ ما رو می‌بری دکتر؟!*

شهناز گفت دُورت بگردم.

من نگاه کردم. شیوا نگاه کرد.

کنار زیپ شلوار خیس بود. اندازه توپ تنیس.

جُنب شدی؟

نمی‌دونم آقا!

میرمحمویی گوشم را کشید خاک بر سرت برو تیمم کن بدل از غسل جنابت.

همه فهمیدند. پیراهنم را در آوردم بستم جلو. آستین‌ها را از پشت گره کردم.

ای لشکر صاحب زمان آماده باش آماده باش

بهر نبردی بی امان آماده‌ایم آماده‌ایم

میدان فرحزاد اتوبوس منتظر بود. دستی را کشید. پنجره را کشیدم. توپ تنیس را گذاشتم جلوی باد. تا سلسبیل خشک شد.

چرا جُنُب شدی یهو!

نمی‌دونم!

خواب دیدی حتما.

خواب مانی را دیده بودم. با سر تراشیده.

ده

آخرین سنگ

حامد چرخ‌کرده را ریخت روی چلو. کشمش نمی‌خورد.

فلفل رو بده.

نمک رو بده.

ماست رو بده.

ترشی رو بده.

وحیده قابلمه را پر کرده بود داده بود برادرش ببرد.

نشون می‌دادی!

چطور!؟

ندیدی جعفرآقا نشون داد

من عروس اینجام.

باباجان گفت وحیده بلند شو برو دوغ بیار با پیاز.

۲۳۷

فیل‌ها به جلگه رسیدند

امان‌خان آشپزخانه بود.

شهلا برای محمودآقا عدس‌پلو کشید.

بسه بسه.

چرخ‌کرده ریخت.

بسه بسه!

این همه نذری چشمت دنبال یه قابلمه نباشه

باید نشون می‌داد

خودت پای دیگ بودی که!

خودم رو نمیگم که، دیگران.

دیگران محمودآقا بود. بابا بود.

امان‌خان شیر آورد. ریختیم.

بهتر شد؟

ساسان گفت *بله باباجان.*

حامد بی‌هوش بود. مامان‌جون نشسته بود بالاسرش. خواهرها. سامان و مانی ریوررایدر.

باباجان خان دایی را صدا کرد. رفتم تکیه دادم به دیوارِ کنار در.

خان‌دایی کورتاژ نمی‌کرد. گاهی فقط شِناس.

اگه حاج‌آقا نمی‌گفت دکتر که زیر بار نمی‌رفت.

اینو با شهلا برید بنداز بره.

نسترن پاهایش را باز کرده بود. حامد رفته بود دریاچه. آبجو. آبجو. آبجو. آبجو. آبجو. آبجو. آبجو

جنین را نشان نسترن داده بود. خاندایی رسانده بودش. اشک بود. مثل ابر باهار.

پسر بود؟

پسر بود به گمونم

تخم سگ!

کلید توی قفل چرخید. شلوارم را برداشتم تولیدم دستشویی. حمام.

مانی و شیوا و شهنازجون با هم آمدند. شیوا را میدان جمهوری دیده بودند؛منتظر تاکسی. با قناری برگشته بودند.

تخم سگ!

مانی نوار ویدئو را برداشته بود.

بشکنش!

بذار بیاد از حموم

بیا بیرون.

پوشیدم. آمدم بیرون. سکوت.

این چیه؟

چیزی نگفتم.

ما نیستیم اینا رو می‌بینی؟

چیزی نگفتم.

از کی گرفتی؟

چیزی نگفتم.

فردا میام مدرسه‌ت ببینم چه جور خراب شده‌ایه.

چیزی نگفتم.

شیوا از دانشگاه پیاده آمده بود. چند ساعتی پارک لاله. چند ساعتی انقلاب.

دیگه نمی‌رم

دروغ گفتی به من!

دیگه نمی‌گم.

شیوا بلند شده بود از سر میز.

نمیخوام ببینمت دیگه

هر جور مایلی!

شیوا تمام راه را اشک ریخته بود. از بهشتی تا لاله.

پررو! هر جور مایلی!

مانی ویدئو را جمع کرد.

یشمی را بارنامه کردند. مستقیم رفتند فرودگاه. مهرآباد تاکسی گرفتند. دکتر بهبودی آپارتمان داشت تهران. نقلی. جمع و جور.

میدان پهلوی؟

بفرما

کجا بودین؟

باباجان چیزی نگفته بود. بهبودی چیزی نگفته بود.

پَکرید!

صوفیه رفته بودند دنبال بُدنیتزا. یشمی را پارک کرده بودند کنار خیابان. جلوی مُتل.

آبجو بزنیم؟

گشنمه.

صبح از بلگراد زده بودند بیرون. سر مرز پاسپورت را نشان دادند. پلاک بین‌الملل .

چی میگه؟

نمی‌فهمم.

کَن یو اسپیک انگلیش؟

افسر مرزی نشسته بود پشت یشمی برده بودش پارکینگ. خودشان را برده بودند داخل. بهبودی برای همه قهوه سفارش داد. شاگرد تریای مرزی دونات هم آورده بود. همه خوردند.

کُلِش نشد پنجاه سنت.

رفته بود پیش افسر ارشد. بیست دلاری را گذاشته بود روی میز. گازش را گرفته بودند.

خیابان تودور الکساندروف به صرف کباب بلغاری. آبجوی تگری. آبجوی تگری.

حیف پسته یادم رفت از تو ماشین.

نشسته بودند تا عصر. پاتیل.

از گارسون پرسیدند برای بُدنیتزا. با ایما و اشاره. گارسون رفته بود. نیم ساعت بعد عاقله مردی آمده بود.

ایرونی‌ن شما؟

نشستم عقب آخوندی.

نه محمودخان چیزی گفت نه مهندس. خیره شدم به دیوارهای دستگرد. محمودخان برگشت برقان. من و مهندس رفتیم تهران. مهندس با رزپشن هتل هماهنگ کرد. اتاق را عوض کردند رفتیم سوییت. بچه‌ها وسایلم را داده بودند باجناق‌ها.

محمودخان گفت *سخت نگذشت که!*

نه زیاد. کیا فهمیدن؟

هیشکی!

مهندس کلید را گرفت.

سوییت رو به رودخونه.

حیف آب نداره!

رفتم حمام. آب گرم. آب گرم آب گرم آب گرم آب گرم آب گرم آب گرم آب گرم آب گرم

صِحت حموم.

سلامت باشید.

ریش رو نزدی پس چرا؟

می‌زنم حالا.

شما خروپف می‌کنی اتاق تکی مال شما.

مهندس وسایلش را بُرد. من و محمودخان شدیم هم اتاق.

بریم شام؟

چی دوست داری؟

حرف نمی‌زدم. غمگین بودم غم عالم نشسته بود روی دلم.

بریم شهرزاد شیرینی آزادی آقا مزدک.

برگ را آورد. برگ را آورد. برگ را آورد. سالاد. مخلفات. پول مانی.

چی شد این رفیقت گردن گرفت؟

من کاره‌ای نبودم

همراش بودی ترمینال

همون وقت تازه از شیراز رسیدم ترمینال. دیدم اونجاست. نشستیم.

راننده می‌گفت تو رفتی دربست کردی!

گه خورد

شیراز چی کار داشتی؟

کار داشتم.

مهندس نگاه کرد. محمودخان نگاه کرد.

مهندس زود خوابش برد. خروپف.

مانی زنگ زده بود به موبایل مهندس.

دور این ناصر رو خط بکش. با مهندس برگرد تهران تا شهناز بیاد.

دلم می‌خواست از محمودخان بپرسم آیدا چی؟!

سر ظهر بود. به پرستو آدرس را داده بودم. ایستادم جلوی پنجره. رو به حیاط رو به کوچه. نه رباب خانم بود نه سکینه خانم.

زنگ نزنی ها!

چی کار کنم پس؟

پشت پنجره‌م. اگه دستم رو بردم بالا یعنی برو. اگه سرم رو تکون دادم یعنی در رو می‌زنم تیز بیا بالا.

سرم را تکان دادم. پرستو حیاط را آمده بود تا پله‌ها. درِ طبقه‌ی دوم را باز کردم. تولید داخل.

مرغ. هویج. سیب‌زمینی. میوه. گوجه. نان. قارچ. رب. برنج. ماکارونی. سوسیس.

سمانه می‌ایستاد جلوی گاز آشپزی می‌کرد.

اینو ببر برای صاحب‌خونه.

دستت درد نکنه

نوش جان

مواظب باش همسایه‌ها نبینن

چشم.

عکس‌های سمانه را دادم چاپ. چندتایی عکس اصفهان. با خواجو. با فواره. با مرغ‌های سیبری. عکس‌های اصفهان را بُردم پیش نوربختیار.

چقدر خوب افتادم

کاودی تولدت

یادت بود؟

نوربختیار عکس پیرمرد را با دقت نگاه کرد.

بیشتر عکس بگیر

چشم.

از ظهر راه می‌افتادم. گارماسه. لادان. لنبان. پاچنار. جلفا. جویباره. جِی.

صبر می‌کردم نور طلایی شود. عصر. سه‌پایه دوربین رو به گنبد شیخ‌لطف‌اله. آفتاب می‌چرخید. می‌چلاندم.

می‌چرخاندم رو به مسجد شاه. می‌چلاندم. می‌چرخاندم رو به عالی قاپو. سایه بود نمی‌چلاندم. کوچه‌های پشت مسجد شاه را که می‌رفتی معلوم نبود سر از کجا در بیاید. می‌چلاندم. می‌چلاندم. می‌چلاندم. می‌چلاندم. می‌چلاندم. می‌چلاندم.

بیشتر تلاش کن.

می‌چلاندم‌می‌چلاندم‌می‌چلاندم.

گاهی سمانه می‌آمد. گاهی نه.

این دوستمه هم اتاقیم نگار

سلام.

سلام.

نگار بالابلند بود و زیبا.

ما بریم بازار بچرخیم.

سلام.

آخرین سنگ

سلام.

دوستمه روزبه.

مخلصیم.

روزبه سینما می‌خواند. سوره.

سوره حمد را خوانده‌اند حتمی. زن‌ها کِل کشیده‌اند حتمی. شهناز گفت بله. بابا گفت بله.

رفتند مرکزاستان.

باباجان گفته بود هر چی شهناز خودش بگه!

شهناز گفته بود *سنش خیلی بیشتره از من.*

کارمند دولت. برو بیا. حقوق مزایا. دوا و درمون.

جهاز را بار ماشین کردند.

خونه حیاط داشت مثل اینجا!

کوی کارمندان. چند اتاق و پذیرایی. آشپزخانه. آنشب که فردین می‌رقصید دزدها آمدند.

شیوا گفت *پلارويد رو دیدی؟*

آره دستت درد نکنه. آقا سعدی!

خوبی؟

براکادوهای سارا و پارسا هم ممنون

خوششون اومد؟

زنگ زده بود به شهناز. عکس پارسا را فرستاده بود فیس بوک.

چرا پس؟

شیوا با سارا حرف زد.

برید بشینید مثل دوتا آدم عاقل.

رفتیم. نشستیم. قهوه خوردیم. برگشتم.

چی شد؟

هیچی!

شهین دم گوش آیدا گفت. گوش تیز کردم. نشنیدم.

دایی گفت با اجازه.

برا منم بگیر

نیت کن.

شیوا چشمها را بست.

سامان پوست تخمه را می‌ریخت توی کاسه. باباجان پوست تخمه را می‌ریخت کاسه. مامان‌جون می‌ریخت کاسه. هر سه به ردیف. صندلی‌های سبز.

فال از کجا بلده؟

شهلا یادش داده

ورپریده!

ورق‌ها را چید.

شهریار خیره به ورق‌ها. سامان خیره به ورق‌ها.

شهلا آمد جلوتر. شهناز آمد جلوتر. مریم آمد جلوتر.

آس دل بی‌بی دل سرباز پیک سرباز گشنیز شاه پیک شاه گشنیز آس پیک.

دم گوشم بگو!

برا مانی بگیر!

نمی‌خوام.

شهنازجون چشم‌هاش را بست. نیت کرد. شهین ورق‌ها را چید.

با اجازه دایی جان!

خان‌دایی دراز کشیده بود.

چایی هست؟

مریم کتری را آب کرد. شهین ورق‌ها را رو کرد.

خان‌دایی گوشی به دست از آشپزخانه آمد بیرون.

از من خداحافظ بدم به شهناز باشه!

گوشی را داد به حامد.

فیل‌ها به جلگه رسیدند

منیژه خیره شده بود به ظریف.

برو چایی بریز دم کردم.

منیژه بلند شد.

من نمی‌خورم.

کم‌رنگ.

من نمی‌خورم.

پررنگ.

حامد گفت *اینجا الان می‌خریم صد صدوبیست. آره اصله!*

خان‌دایی چای را برداشت.

اون قبر دومی کیه؟

حواسم رفته بود به کسری ناجی از وین.

کجا؟

امامزاده!

خندیدم *امامزاده رو که منتقل می‌کنن قرار میشه به اذن و دعای سید استخون‌ها رو ببرن همین‌جایی که الان هست. می‌کَنَن چند متری. هیچی پیدا نمی‌کنن. یه مشت خاک می‌برن چال می‌کنن از نو. سید هم که می‌میره می‌برن همونجا خاکش می‌کنن.*

مغازه‌ها کدوما بودن؟

آخرین سنگ

از سر فلکه تا سه‌راهی. سمت راست که میایی بالا.

ها!

شده راسته زرگرآ الان.

دایی گفت شب اینجایید؟

مریم گفت آره می‌مونن

وسایلمون خونه رعناست.

پیش مام بیاید.

شهناز نگاهم کرد.

من یه سر قول دادم به کیوان برم پیشش.

کارِش گرفته کیوان!

نیومدن بچه‌ها!

نسترن گفت بریم؟

تو کی می‌ری برسونمت

ماشین آوردم

نبری نیاری

شب زود میام.

حامد و نسترن و شیلا رفتند.

فیل‌ها به جلگه رسیدند

کفش‌ها رو جفت کردی؟

منیژه سرتکان داد.

شهناز گفت چی می‌گفت مانی؟

مانی می‌گه یه کلینیک بزرگ بزنیم دوتایی

اینجا؟

سمت قلعه زمین دیدم!

به‌به!

حرفتون نباشه فعلا

مریم زنگ زده بود به نسترن.

تو خبر نداشتی؟

نه بخدا!

نسترن عکس‌های تایلند را یکی‌یکی دیده بود. با موبایلش عکس گرفته

بود.

خیلی سال پیشه!

دکتر سیبیل داره هنوز!

قبل من بوده یا بعد من؟

هفت هشت سال می‌شه.

کی فرستاده؟

دکتر سرتاسر امام‌خمینی را رفت. آمد. رفت. آمد.

معلوم نیست.

کجا بوده؟

نمی‌دونم!

حامد گفت *بعد طلاقم بود.*

دکتر *سیبیل داشته.*

چه *ربطی داره.*

رفتین *تایلند!؟*

چینه چین*! رفتیم برا مغازه و مطب وسایل آوردیم.*

نسترن از موبایلش عکسی را نشان داد *اینهمه جنده دُورتون رو گرفتن*

اینا فروشنده‌ی مغازه‌ان

کون لُختی چیز می‌فروشن اونجا؟

حامد گردن نگرفت.

دکتر گردن نگرفت.

بنداز گردن من. منم گردن نمی‌گیرم.

عکس دارن!

بگو چینه!

کار این منیژه‌ست!

شهناز و شهلا و شهین هم بودن.

دکتر با منیژه سرسنگین شد .

مریم چند ماهی قرص خورد. چند ماهی یوگا. چند ماهی عرفان حلقه!

شهلا به شهین گفت. شهین به شهناز.

کار منیژه‌ست.

کار منیژه‌ست.

کار منیژه‌ست.

من یه نِگاهی به کیفش انداختم رفته بود دستشویی!

نبود؟

ندیدم.

عاقله مرد گفت هست همه جوره!

چند؟

بیست دلار سی‌دلار.

کجان؟

راه افتاده بودند دنبال عاقله مرد. پاتیل. چند کوچه را تو در تو رفتند. تاریک بود.

اینو کجا بزنیم؟

این کجا بوده؟

جا ساز کرده بودم!

رفته بودند ته کوچه‌ای باریک تاریک ماریجوانای آمستردامی را آتش زدند. گوزِگوز.

نبره بُکُنِمون!

دکتر بهبودی غش کرده بود افتاده بود روی زمین. باباجان غش کرده بود افتاده بود روی زمین.

عاقله مرد آمده بود بالا سرشان *زپلشک!*

رسیده بودند به ساختمانی چند طبقه. پله‌های تاریک. رفته بودند طبقه چهارم. در سیاه بزرگی باز شد. نشستند پشت میزی. دو زن آمدند نشستند سر میز. نوشابه آوردند و آب. گپ زدند با زن‌ها.

دست زن‌ها رو گرفتیم ببریم هتل هفت‌هشت‌ده تا قلچماق ریختن سرمون.

لختمون کردند بی‌ناموسا.

پول. کیف. ساعت. انگشتر. پیراهنِ دکتر. پیراهن حاجی. دوره‌شان کرده بودند. سه نفر روبرویشان. چهار نفر از پشت. اول جیب‌ها را گشتند. جوراب‌ها کفش‌ها. شورت‌ها. زیپ دوخته بودند برای همه‌ی

شورت‌های مامان‌دوز. پول را جاساز می‌کردند. چشم‌هاشان را بستند بردند ویتوشا رهاشان کردند.

نرفتین پلیس؟

رفتیم کاغذ پر کردیم.

رشوه می‌خواست!

می‌دادی!

لُختمون کرده بودن!

صبح گازش را گرفته بودند استانبول. بندر. بارنامه. مستقیم تهران.

پَکرید!

شهین گفت *خونه باباش!*

شهلا گفت جعفر*آقا خوب نشون می‌ده هر سال.*

همه خندیدند. محمودآقا هم خندید. امان‌خان پیاز آورد و دوغ.

بهتره همه نشون بدن!

امان‌خان که مُرد آسمان آبی بود. خان‌دایی و حامد بردند غسالخانه. شستند. کفن کردند. نماز خواندند. دفن کردند. خاک ریختند. تابلوی سیاه را گذاشتند بالا سر امان‌خان. شهلا گریه کرد. از بقیه بیشتر ندار بودند با هم.

می‌خوام زن بگیرم!

چرا؟

می‌خوام

من چی؟

خواستی بمون خواستی برو.

وحیده رفت. نسترن آمد.

این بچه چی؟

پیش خودمه!

من چی!؟

هفته‌ای دوهفته‌ای!

تینا تا پنجم می‌رفت پیش مادرش.

مهرم رو می‌گیرم ازت.

برو شکایت کن

سه میلیون

زیاده.

حامد کوتاه آمد. وحیده کوتاه آمد. امضا کردند. وحیده رفت خانه باباش. حامد رفت فرهنگیان. با نسترن. با تینا.

میومدی همین اتاقای خودت!

عروس نو خونه نو

حاجی رفته یاغی شده دوباره آقا حامد!

خان‌دایی حامد را بُرده بود مطب.

چرا طلاقش دادی؟

از اولم نمی‌خواستمش!

بچه چی؟

پیش خودمه!

خریت کردی!

من تازه سی‌وپنج سالمه دکتر!

بچه گناه داره!

تینا چسبیده بود به شهین. نگاه می‌کرد. شاه‌ِپیک اول آمد. انداختش. سرباز پیک. آس دل. آس پیک. نه لو دل. نه لو خشت. شاه گشنیز. بی‌بی دل. همه خیره به شهین.

جفت شیش.

دلا شون پیش همه. دختره پسره رو دوست داره.

مانی تاس ریخت. شهین عاشق مانی بود.

اما دختره دوره. یه جا دیگه‌ست. با خانواده. چند تا اتفاق خوب می‌افته که دختره برسه به پسره.

شهلا کل کِشید. باباجان خندید. مامان‌جون خندید. پریسا اخم کرد. مریم آبجوش ریخت روی چای خشک.

چهار من شما سه! با اجازه.

خان‌دایی دستش را گذاشته بود زیر سرش روی متکا. دراز کشیده بود.

ببخشید حاج آقا

راحت باش پسر جان.

بزن شش در رو ببند

گشاد دارم اینجا

نیاره مارسش کردی!

عقبه خان‌دایی!

زد شش در را هم بست. سگ نر از دور زوره کشید.

پرستو تولید تو. تا عصر ماند.

برم باباییان دیر میشه!

کِی اونجا باشی خوبه؟

شیش.

رفتم کنار پنجره. حیاط خلوت بود. کوچه خلوت بود .

خلوته!

پس من برم.

بوسیدیم. بغل کردیم بوسیدیم. آرام در را باز کردم. کسی نبود. برو! رفت. تیز رفتم پشت پنجره. رباب خانم وسط حیاط ایستاده بود جلوی پرستو. از پنجره آمدم کنار.

آقا مزدک بیا بیرون. بیا پایین.

نشستم پایین پنجره. در زدند. زنگ زدند.

درُ وا نکنی زنگ می‌زنیم پلیس.

همسایه‌ها جمع شدند.

حتما خونه نیست!

این می‌گه!

طبقه دوم بودی؟

نکنه دزده؟

دزد اسم مزدک رو از کجا بلده؟

آمار گرفته حتما.

نردبوم بذاریم.

یهو بیاد ببینه از دیوارش رفتین بالا میره شکایت می‌کنه!

کوله‌ی پرستو را گشتند. گریه کرد. گریه کرد گریه کرد. گریه کرد. چیزی نبود.

وِلِش کنید بره.

ولش کنید بره.

ولش کنید بره.

ولش کنید بره.

پرستو رفت. ماندم پایین پنجره. ساعت‌ها. تا شب.

مهندس از دلیجان آمد بریم *تو شهر ناهار بزنیم؟*

رفتیم محلات.

من دیزی

شیشلیک.

صبحانه‌ی هتل را دور هم خوردیم. سوییت را پس دادیم. محمودخان رفت برقان. ما رفتیم تهران.

مزدک جان آدم باید فرق رفیق و نارفیق رو بدونه! مزدک جان آدم باید فرق راه و چاه رو بدونه! مزدک جان آدم باید بدونه با کی می‌ره با کی میاد! مزدک جان آدم باید

رسیدیم قم. رسید عوارضی را گرفت گذاشت جیبش. مدرک برای تن‌خواه مانی. فاکتور شیشلیک. فاکتور هتل کوثر. زیرمیزی. بریانی. فرنی. گوش‌فیل‌دوغ. تریاکِ وحید. برگِ شهرزاد. عرق رازمیك.

می‌ری خونه؟

بله!

سر بزن!

سر سپه نگه دارید من می‌رم خودم.

راهی نیست.

آمد تا سلسبیل.

پول داری؟

نه!

فردا می‌ریزم برات.

صدای رگبار آمد. صدای تیر.

سختت نیست هر روز یخه دیپلمات و کت و شلوار؟

کیوان خندید. راننده خودش را زد به نشنیدن.

پیچید راست.

جلو نرید لطفا.

جوان بود. کت و شلوار قهوه‌ای. ایستاد کنار خیابان.

فردا شب نپیچونی.

میام.

صبح پنجشنبه رفتیم سر خاک ریحانه. تابلوی سیاه بالا سرش بود. گل‌ها
را گذاشته بودند روی خاک. اندازه تن آدم بالا می‌آید. انگار جنازه درست
زیر دست آدم است. خاک‌ها را که بزنی کنار عزیزت می‌آید بغلت.

آخرین سنگ

بابا را که خاک می‌کردند دور ایستاده بودم. گیج بودم. دایی دستم را
کشید آورد جلو. روی کفن را باز کرده بودند. بابا مُرده بود. بابا با
ریش‌های چند روزه آن جا بود. سنگ‌ها را از ته می‌چینند. هر سنگی را
که می‌گذارند قلبت می‌ریزد. آخرین سنگ را که می‌گذارند آخرین باری
ست که عزیزت را می‌بینی. قلبت مچاله می‌شود. روی بابا را بستند.
قلبم مچاله شد. خاک ریختند.

کیوان دستم را کشید. از لای جمعیت. باباجان و خان دایی و دایی حامد
و محمودخان و محمودآقا.

مانی هم دایی را برد هم خان‌دایی را. باران گرفت. سیزده‌بدرها همیشه
باران می‌گرفت. از ظهر به بعد ابرها کم‌کم زیاد شدند.

جمع نکنیم؟

بنز یشمی باباجان پر شد. رفت. ماشین اداره‌ی محمودآقا پر شد. رفت.
تیز برگشت. باران تند شده بود. حصیر را کشیده بودیم روی خودمان.
مانده بودیم بچه‌ها. باباجان سامان را برده بود هاری بزند سر راه.

چرا تخته نمی‌زنید؟

بلدی؟

جزوه‌هام رو نخونده؟

سمیرا خندید. نگار خندید.

کم؟

کم

۲۶۳

فیل‌ها به جلگه رسیدند

بااجازه.

بچه‌ها عصر پنجشنبه آمدند دخترها ایستادند پای گاز.

به‌به.

جفت شیش!

شام حاضره.

جفت سه.

زد دو دست بالا بودم.

خوب گشاد میدی!

سرد شد.

بریم شام؟

تموم شه این دست.

نگار آمد بالا سرمان سرد شد.

روزبه بلند شد.

به‌به.

به‌به.

نوشابه نبود؟

آخ!

آخرین سنگ

کته درست کرده بودند با کره، ته‌دیگِ طلایی. فسنجان.

بگو چند چندیم!

چند چندید؟

چهار یک

نگار خندید.

من جزوه‌هام رو می‌فرستم خدمتتون مطالعه بفرمایید.

سمانه خندید.

روزبه خندید؛لپ‌هاش چال می‌افتاد چشم‌ها تو می‌رفت لب‌ها می‌کشید بالا. موهاش فر بود و بلند. سیاه.

مامان من با کوفته قلقلی درست می‌کنه.

شهناز با سینه درست می‌کرد. کمی شیرین. مامان رعنا با کوفته قلقلی کمی تُرش.

شکرم بیار.

سمانه یخ ریخت بعد نوشابه.

برا منم.

مانی و شهناز نشسته بودند روی صندلی‌ها. روبروی مدیر. من آن‌طرف ایستاده بودم.

پیدا کردم

کجا پیداکردی؟

نزدیک خونه

کجا پیداکردی؟

لای سولاخ تیر چراغ برق بود.

نگفتم از مرنجانی گرفتم.

دمت گرم

چاکریم

محکم بشین.

دستم را حلقه می‌کردم پشت مرنجانی. روی یک پُر می‌کرد تا چهل و پنجاه می‌داد دو، فرمان را می‌کشید بالا. تیپ خردلی. دبیرستان دخترانه شهید معصومی. گاهی کاپشنم می‌سابید به زمین. دخترها جیغ می‌زدند. ماشین‌ها بوق. پیرمردها پیرزن‌ها فحش.

جیغ زدی؟

آره.

پرستو جیغ زده بود. صورت خونی.

ماندم پایین پنجره. تا نیمه شب. چراغ‌ها خاموش شد. بلند شدم. از چشمی راهرو را نگاه کردم. کسی نبود. لباس پوشیدم زدم بیرون. آرام. شب را پارک باباییان ماندم. صبح رفتم کله‌پاچه. پیاده آمدم تا سلسبیل.

آخرین سنگ

مغازه‌ها هنوز بسته بود. تک و توک. پیاده رفتم تا جمهوری برگشتم. محسن باز کرده بود. خزیدم تو.

به‌به آقا مزدک

مخلصیم

موها رو چرا زدی؟
می‌ریزه!
نگفتم دستگرد بودم. نگفتم کالباس خان با مشت زد به شکم ناصر.
امر؟
بغل‌ها و پشت سر سفید نشه!

یازده

دختر ارمنی

زنگ در را زدم.

به به آقا مزدك!

پرشیا را بُردم زیر سایبان محمودخان پارك كردم. رفتم خانه بابابزرگ. آن‌سمت كوچه. حیاط را رفتم داخل. بوی عطر باهارنارنج. گلهای محمدی. کیوان آغوشش را باز کرده بود از پله‌ها آمد پایین. امیریاسین امیرعلی ایستاده بودند در آستانه در.

مست می‌شه آدم از این بو.

بوسیدیم بغل کردیم. رفتیم تو.

یه حصیر می‌نداختیم بالکن می‌شِستیم.

کیوان بلند شد رفت.

فرش انداخت با پشتی و پتو. حیاط را آب پاشید. آب از دهان فواره زد بیرون.

فیل‌ها به جلگه رسیدند

بچه‌ها آمدند. حمید و مسعود. ابراهیم مُرده بود.

به‌به

به‌به.

بوسیدیم بغل کردیم. بوسیدیم بغل کردیم. تلویزیون توی هال روشن بود. عراقچی کنار ظریف ایستاده بود. امیر یاسین ایستاده بود کنار حوض. دستش را می‌کرد توی آب جیغ می‌زد می‌خندید می‌دوید می‌رفت آنطرف از نو. هندوانه را امیرعلی آورد. بقشاب‌ها را داد دست کیوان.

محمودخان تند تند در می‌زد. شنگول. رفت تو. بابا آمد دم در. نگاه کرد.

بیایید می‌خواییم بریم.

مانی سامان را دریبل زد. آمد جلو. رفتم جلو. راست را نشان داد از چپ رفت. گیج شدم. توپ را آرام برد روی خط دروازه نگه‌داشت خم شد با سر آرام زد توی گل.

شیشه‌ها شکست. حامد بشقاب‌ها را برداشته بود می‌زد به پنجره‌ها. امان خان از ظهر شسته بود چیده بود سبد بزرگ حصیری خشک شوند.

یک در *یک و سیزده. زواره. خمیر.*

تیز رفتیم تو.

وحیده گریه می‌کرد. وحیده جیغ می‌زد. شهین دستهاش را گرفته بود. دهانش پر از خون. خان‌دایی رفت سمت حامد. دستهاش را گرفت از پشت پیچاند بردش سمت اتاق خودش. وحیده نشست روی پله‌ها.

عروس چقدر قشنگه.

گلهای بنز یشمی را کسی دست نزده بود. ریمل‌ها سایه‌ها ریخته بودند.صورت عروس سیاه. دهان پر از خون.

مانی پرسید چی شده؟

شیوا آرام گفت بهت *می‌گم.*

بگو

می‌گم.

شهین و شهلا دستهای عروس را گرفتند بردند تو.

وحیده‌ی بی‌نوا

بشین پاشو بشین پاشو بشینپاشو بشین پاشو بشین پاشوبشین پاشو بشین پاشو بشین پاشو بشین پاشو بشین پاشو بشین پاشوبشین پاشو بشین پاشو بشین پاشو بشین پاشو بشین پاشو بشین پاشو بشین پاشو بشین پاشو بشین پاشو بشین پاشو بشینپاشو بشین پاشو بشین پاشو بشین پاشو بشینپاشو بشینپاشو بشین پاشو بشین پاشوبشین پاشو بشین پاشو بشین پاشو بشین پاشو بشین پاشو بشین پاشوبشین پاشو بشین پاشو

با یک می‌شینی با دو پا میشی.

عَ می‌نشستیم عُ بلندمی‌شدیم.

لباس‌ها را دادند. پوتین‌ها را ریختند وسط.

چهل و یک

چهل و چهار

چهل و دو.

لباس‌ها را زدیم زیر بغل به‌صف شدیم. خاکی.

می‌برید امام‌حسین می‌دید نوار قرمز بدوزن.

بردم امان‌حسین نوار قرمز دوخت. واکس و بُرِس و حوله و آینه کیف کوچک. همه را چپاندم رفتم سلسبیل.

برگشتی؟!

گفتن برید تا هفته دیگه!

ظهر خوابیدم. عصر بیدار شدم. تمام وجودم گرفته بود. چسبیده بودم به تخت.

مادر مادر.

شهناز آمد بالای سرم. زنگ زد به مانی.

بشین پاشو دادن بهشون تمام بدنش گرفته.

مانی خندیده بود.

اینجا رو بهش می‌گن صفر یك سوسول بازیای دانشگاه رو خاك بپاش روش لیسانسی برا خودتی اینجا ته دنیاس

پاشو بشین پاشو بشین پاشو بشین پاشو بشین پاشو بشین پاشو بشین پاشو بشین پاشو بشین پاشو بشینپاشو بشین پاشو بشین پاشو بشین پاشو بشینپاشو بشینپاشو بشین پاشو بشین پاشوبشین پاشو بشین پاشو بشین پاشو بشین پاشو بشین پاشو بشین پاشوبشین پاشو بشین

آمپول گفت و قرص. شهناز رفت خرید آمد.

لباس‌ها را انداخته بود ماشین. افتاده بودم توی تخت. یک هفته.طاق‌باز. دوش آب گرم دوش آب سرد. پیروکسیکام آمپول متاکاربامول. معصومه می‌آمد می‌زد می‌رفت. همسایه بودیم دیوار به دیوار.

شلوار کتان پوشیده بودم با پیراهن آستین بلند. کرمِ قهوه‌ای. لباس‌ها خیسِ عرق. دوم اردیبهشت بود. گرمای اول باهار.

مانی زنگ زد. احوال پرسید. خندید *متاکاربامول*.

محمودآقا آمد. چپیدیم توی ماشین اداره.صندلی‌ها خیس شد. کف خیس.

شهلا گفت طوری نیست!

سیزده‌بدر که می‌افتاد جمعه از بیست و سوم چهارم اسفند مملکت تعطیل می‌شد کم‌کم .اتوبوس تا خود برقان. کیف می‌داد. شاگرد پارچ قرمز و لیوان پلاستیکی را صندلی به صندلی می‌چرخاند.

ساک‌ها را چیده بود دم در. ساعت ۹ اتوبوس دستی را کشید. دایی حامد و ساسان آمدند ترمینال. بنز یشمی را درست کنار صندوق نگه داشت. پیاده شد شاگرد را صدا زد. ساک‌ها، فیبر یخ.

اتوبوس که راه می‌افتاد غم عالم می‌نشست توی دلم. بوسیدیم بغل کردیم اتوبوس رفت. بنز یشمی رفت.

باباجان گفت *ببر ماشین رو بذار گاراژ.*

سوییچ؟

دست حامده حتما

دست من نیست.

حامد دراز کشیده بود روی تخت. داریوش می‌خواند

"عشق، به شکل پرواز پرنده است
عشق، خواب یه آهوی رمنده است
من، زائری تشنه زیر باران
عشق، چشمه آبی اما کشنده ست
من، می‌میرم از این آب مسموم
اما اون که مُرده از عشق، تا قیامت، هر لحظه زنده ست
من، می‌میرم از این آب مسموم
مرگ عاشق، عین بودن، اوج پرواز یه پرنده است

تو که معنای عشقی به من معنا بده ای یار
دروغ این صدا رو به گور قصه‌ها بسپار
صدا کن اسممو از عمق شب از نقب دیوار..."

نبود رو ماشین؟

بابا گفت بریم؟

محمودخان گفت بریم.

خودم را زدم به خواب.

دنبال چی می‌گردی؟

دنبال چی می‌گردی؟

سویچ!

امان‌خان همه جا را گشت. شهین همه جا را گشت.

ببین *این بچه‌ها دست نزدن؟*

من ندیدم.

من ندیدم.

من ندیدم.

من خواب بودم.

باباجان چراغ قوه انداخته بود کف یشمی.

بابا بغلم کرد *با اجازه حاج‌آقا*

چقدر *باختی؟*

چیزی نشد

من خیلی باختم.

خوب بُرد محمودخان

شَبِشِ بود.

محمودخان شبنم را بغل کرده بود *پیدا نشد؟*

زاپاس نداره؟

این خودش زاپاس بود.

اصلی را خفت‌گیرهای صوفیه بُرده بودند!

با اجازه بابا جان.

باباجان شهناز را بوسید.

پیدا می‌شه.

خان‌دایی دهان وحیده را بتادین ریخت.

بخیه نمی‌خواد!

خدا رو شکر.

لب‌ها باد کرده بودند. خون.

من و بابا جلو نشستیم. رعنا و شهناز و مانی و شیوا و پریسا و شبنم عقب. محمودخان ماشین را کوچه نگه نمی‌داشت. یکراست حیاط زیرسایبان مُو. مانی تیز پرید در را باز کرد. همه پیاده شدند. محمودخان بابا را صدا کرد.

چقدر باختید؟

چطور؟

شما بگو!

دوازده هزار تومن!

محموخان دست کرد جیبش دوازده هزارتومن شمرد داد به بابا.

به جان محمودخان نمی‌گیرم

به جان محمود نگیری ناراحت می‌شم.

دختر ارمنی

باباگرفت.

خوب کردی!

چشِ تو چشیم!

مهندسم می‌دادی!

برنده بود خودش.

محمودخان چی می‌گفت؟

هیچی! با لباس نخوابه.

شهناز کت و شلوارم را از تَنَم بیرون آورد. سوییچ سُر خورد افتاد.

چی‌کار داشتی به سوییچ؟

چی‌کار داشتی به سوییچ؟

باباگوشم را پیچاند.

سوییچ را برداشته بودم. مثل الماس می‌درخشید. باباجان داده بود جا سوییچی نقره بسازند. آرم بنز آنوسط. سوییچ ایران‌ناسیونال کوتاه بود لای دسته‌ی کلیدهای خانه.

چی‌کار داشتی به سوییچ؟

چی‌کار داشتی به موتور؟

چی‌کار داشتی به تک‌چرخ؟

مامان‌جون بیستی‌ها را که می‌ریخت من نشسته بودم پشت بنز یشمی.

عروس چقدر قشنگه ایشالا مبارکش باد.

دهان پر از خون.

خودم دیدم

چیو دیدی؟

چیزی مگه بود بخوای ببینی؟

سمانه گفت خجالت نمی‌کشین؟

چیزی نگفتیم.

نگار نفهمه!

بهش می‌گم

روزبه می‌گه نگار نفهمه.

سمانه رفت.

سمانه چیزی نگفته بود به نگار من نمی‌فهمم یهویی چرا زدید به هم!

با روزبه اصفهان را کوچه به کوچه می‌گشتیم. می‌چلاندیم. می‌چلاندیم. می‌چلاندیم.

خوبه بیشتر عکس بگیر.

میچلاندیممیچلاندیممیچلاندیم.

روزبه عاشق نور بود. ساعتها منتظر می‌ماند نور بیافتد نوک آن دیوار. سایه بیافتد روی این در.

دختر ارمنی

نگار چای نبات آورد.

کشته‌ها را نشستم. گشاد داد زدم. پر کردم. تخته را بست.

بگو چند چند باختی!

نگار خندید.

سر چی بود؟

شام؟

شام را انداختیم گردن روزبه.

شما جزوه‌هام رو که خوندی یه دُورم از روش بنویس.

سمانه خندید.

شب درازه!

کیوان سفره را جمع کرد. مرتب گذاشت توی سینی بزرگ. چای نبات آورد و شیرینی.

این ظریف معلوم نیست دستش با کی تو یه کاسه‌ست.

آمریکا درس خونده.

جاسوس ماسوس نباشه!

نیست!

این توافق بشه این ملت یه نفسی بکشن!

مردم چه مشکلی دارن؟

تحریم گرونی!

اینا سی و هفت هشت ساله هست!

توافق نمیشه!

چایی نبات را هم زد.

آمریکا حرف زور میزنه ما هم زیر بار زور نمی‌ریم

شما دارید بمب اتم می‌سازید

هیچ وقت حرف بمب نبوده. برق پزشکی کشاورزی

اینها فیلمشونه می‌خوان بمب بسازن

نه آقا جان این حرف رو نزن شما

همه می‌گن

کیوان چای نبات را هورت کشید. تخمه برداشت.

بگن!

خودی‌ها چی می‌گن؟

بیشتر موافق نیستن!

هر توافقی از جنگ بهتره

جنگ نمی‌شه!

اگه شد؟

ما هم می‌زنیم

فایده نداره که. اون بزنه شما بزنید. می‌شه جنگ عراق

دست بذاریم رو دست؟

من می‌گم توافق و صلح بهتره جنگه

توافق بله! نه اینکه ظریف کل مملکت رو چوب حراج بزنه بده دست آمریکا

از کجا می‌گی؟ یکی میده یکی می‌گیره!

این آقا مملکت رو به باد می‌ده آخرش!

همه ایستاده‌اند جلوی پرچم‌ها. مویگرینی و ظریف جلوی میکروفن.

این بهتره چی بود اون اشتون!

در زدند. راننده‌ی کیوان بود. چیزی داد رفت. کیوان چیز را برد تو. با کاسه‌ای توت برگشت.

اردوی دانشجویان دانشگاه اصفهان

سمانه و نگار نشسته بودند کنار هم. من و روزبه کنار هم جلو. سارا کنار دوستش عقب.

اول رفتیم همدان. بعد سنندج. بعد مریوان. شب را زریوار ماندیم. هتل گرفته بودند رو به دریاچه. ماهی کبابی.

چقدر خوب بود!

من رفتم نگاه کردم. عکس گرفتم. سماق می‌زنن با آبلیمو با روغن زیتون با نمک یه چیز دیگه‌م زد نفهمیدم

خیلی خوب بود.

نگار با علی‌خان حرف زده بود. همه می‌گفتند علی خان. دانشجوی روانشناسی بود. زرنگ. اردو راه می‌انداخت. نمایشگاه کتاب. اردوی زیارتی شیراز. اردوی زیارتی سیاحتی کرمان. اردوی

مریوان سپردیم ویسکی بیاوردند.

دُنگی ویسکی بگیریم؟

نشستیم کنار زریوار. روی نیمکت‌ها.

اونجا بشینیم خلوته.

ویسکی را ریختیم فلاسک. رنگ چایی. قندان را هم گذاشتیم وسط با شیرینی. چیپس و پفک. تخمه. رو به دریاچه‌ی آرام.

سارا با دوستش میز کناری ماهی خوردند. بعد رفتند قدم زدند. زریوار خنک بود.

به‌به.

به‌به.

علی خان گفته بود همه یازده هتل باشند.

صداش کنیم یه دو پیک براش بریزیم؟

فکر نکنم بخوره.

علی خان سه پیک زد رفت.

یک و نیم برگشتیم هتل. دخترها رفتند اتاق خودشان ما اتاق خودمان. تخت‌ها را گرفته بودند. پتو انداختیم خوابیدیم زمین. پاتیل.

مزدک مختاری.

بلند شدم. چند ردیف جلوتر پسری بلند شد.

اسمت چیه؟

مزدک مختاری

اسم تو چیه؟

مزدک مختاری.

برگشت نگاهم کرد. همه خندیدند.

پاشو بشین پاشو بشین پاشو بشین پاشو

نمی‌خندی دیگه؟

همه خاکی همه با نوار قرمز.

بشین پاشو بشین پاشو. بشین. کی گفت ولو شی رو زمین؟ پاشو بشین پاشو بشین پاشو بشین پاشو. مختاری برو اتاق جناب سروان.

مختاری رفت اتاق جناب سروان. آمد.

خوابگاه‌ها را تقسیم کردند. افتادیم خوابگاه دو. تخت بالا من تخت پایین مزدک مختاری.

بچه کجایی؟

سرسبیل.

مکانیک خوانده بود. شریف. ظهرها می‌رفت فردا صبحش برمی‌گشت. بعد از صبحگاه.

تو نیستی من بیام تخت پایین؟

بیا.

ماشینش را پارک می‌کرد آنطرف بلوار. ۲۰۶ نوک مدادی. پنجشنبه‌ها اگر نگهبانی نمی‌خورد مرخصی رد می‌کردم. مختاری سفارش کرده بود. تا امام حسین می‌رساندم. می‌رفت راست. من اتوبوس تا سر نواب. تاکسی تا سلسبیل.

شهناز ماند خانه خاندایی. باغ را معامله کردند.

چرا فروختی؟

تهران می‌دیم آپارتمان با سرسبیل رو هم یه دوخوابه خوب می‌شه همون یوسف‌آباد خرید. خواستی می‌زنیم به اسم تو.

کیوان دم در دست‌ها را بغل کرد.

وانتی آمد تو.

دختر ارمنی

کیوان کجاست؟

نمی‌دونم!

پول کیوان را پس گذاشتم همانجا.

دست‌ها آمد پشت پنجره آقا کیوان!

کیوان بلند شد ظرف آجیل را از دست‌ها گرفت.

تو نمی‌خوای زن بگیری؟

می‌گیرم

پیر شدی کچل شدی!

همه خندیدیم. امیریاسین دست کرد توی ظرف آجیل. دوید سمت کیوان. کیوان بشقاب را گرفت جلوی دست. آجیل‌ها را خالی کرد. کیوان پوست می‌گرفت می‌گذاشت دهان امیریاسین. پسته. فندق.

ببین یه روستا می‌خوام قدیمی.

می‌پرسم برات.

از چند نفر پرسیدم. همه گفتند ابیانه.

آمده بود امور فرهنگی دانشگاه اصفهان بودجه گرفته بود. ماشین و دوربین. تدوین و صدا را بُرد سوره. پاترول چهار در صبح زود راه افتاد سمت ابیانه. فیلمبردار و دستیار. روزبه و دستیار. صدابردار و من. به

زور جا شدیم. وسایل دوربین. تشکیلات. ریل را رفته بود پشت ترمینال کاوه اجاره کرده بود. انداختیم باربند.

خودش بازی کرد. می‌رفت درها را می‌زد. کسی باز نمی‌کرد. درِ بعدی در بعدی. با چند نفر صحبت کرد.

اینو که من می‌رم با اون پیرزنه صحبت می‌کنم از همینجا لانگ‌شات بگیر.

دستهاش را باز می‌کرد لانگ‌شات بگیر

عکس می‌گرفتم. روزبه در لانگ‌شات. روزبه در کوچه‌ها. روزبه. روزبه. روزبه.

عکس نگرفتی!

زیاد!

فردا صبح قبل رفتن همه جمع بشیم جلوی دریاچه دسته جمعی.

علی‌خان با سه پیک خوب شد. رفت.

سه‌پایه را گذاشتم دوربین را سِت کردم. دکمه را زدم. چراغ قرمز چشمک زد. دویدم. پیک‌ها را بردیم بالا. روبه دوربین. زریوار در پس‌زمینه.

این عکس زریواره!

آره

شما خوب خوش گذروندید

آره!

چرا به هم زدی باهاش؟

نشد دیگه!

با منم به هم می‌زنی می‌دونم.

خندیدم.

می‌خندی؟

موبایلش زنگ خورد.

مادرمه! الو جانم پارساجان. باشه میام قربونت برم عزیز دلم.

سارا ایستاده بود صف توالت. بلند شدم.

کجا؟

توالت!

می‌ریم با هم

داره می‌ریزه.

رفتم ایستادم صف. سارا لبخند زد. نگاه کردیم به هم. سمانه خودش را رساند. ایستاد صف زنها.

مشروب خوردید؟

ویسکی گرفتیم

می‌گرفتن چوب میکردن تو آستین‌تون

ریخته بودیم فلاسک.

سارا مانتو را پوشید. دستم را حلقه کردم دور کمرش چسباندم به دیوار. بوسیدیمبوسیدیمبوسیدیم.

بریم تو تخت.

سارا پوشید رفت.

کسی رفته بود کمیته انضباطی روزبه را لو داده بود. نگار سی تومن داده بود علی‌خان برای اردوی زریوار.

راضیش کردم.

علی‌خان را خواستند.

من را خواستند من نمی‌شناسم به اون صورت.

با هم بودید همه‌ش!

تو سفر آشنا شدیم.

یه ترمم که تعلیق داری!

علی‌خان کارت دانشجویی فتوشاپ کرد بُرد اینو داده به من! روزبه کاووسی دانشجوی مهندسی کامپیوتر دانشگاه اصفهان.

دخترها را خواستند اونجا آشنا شدیم. نمی‌شناسیم.

تذکر انضباطی با درج در پرونده.

دختر ارمنی

چی گفتی؟

گفتم نمی‌شناختم.

گفتیم نمی‌شناختیم.

روزبه خندید.

می‌خندی؟

خودت زورم کردی بیام خودت پول دادی به علی‌خان.

ایستاده بود کنار آب. چلاندم.

با نگار رفته بود امور فرهنگی. فیلمنامه را گذاشته بود روی میز مدیر. دست‌هایش را تکان داده بود. حرف زده بود. حرف زده بود. پاترول را گرفت. دوربین را گرفت.

تموم نشد این فیلم؟

مونده صدا.

مونده موسیقی.

مونده تیتراژ.

با نگار رفته بودند امورفرهنگی برای فیلم دوم. من و سمانه هم رفتیم. چندتا عکس‌های زریوار را چاپ کرده بودم بزرگ.

دکتر کسروی گفت به‌به احسنت آفرین.

دکتر گفت بزنیم به دیوارها.

فیل‌ها به جلگه رسیدند

بگید مختاری بیاد عکاسی کنه.

بگید مختاری بیاد عکاسی کنه.

بگید مختاری.

فیلمنامه را داده بود دکتر اون قبلی رو نیاوردی ببینیم.

تیتراژ مونده.

اول اونو بیار.

میارم

بیار اول

فصل بگذره دیگه میره زمستون سال بعد نمیشه ساخت دیگه

پس بچه‌های اینجا رو هم ببربا خودت

چشم!

کلاس فیلمنامه‌ای فیلمبرداری‌ای چیزی هم بذار

چشم!

پاترول و مینی‌بوس و دوربین راگرفت. رفتیم وَرزَنِه. سوز سرما. خودش بازی نکرد. نگار و سمانه گریم می‌کردند. من عکاسی .

چقدر خشکله اینجا

چه قصری بوده!

مال کیِه؟

فکر کنم اواخر صفویه!

گاوخونی خشک بود. بیابان.

روزبه صندلی‌ها را گذاشت روبه‌روی هم. میز. قهوه. گل. زیر سیگاری. دیوارهای خراب. بیابان خدا.

اول دختر دیالوگ می‌گفت. بعد پسر. بعد دختر. بعد پسر *کات*.

دوربین را بردند جلوتر. از نو. اول دختر دیالوگ گفت بعد پسر. دوربین را بردند پشت سر پسر. دوربین را بردند پشت سر دختر. از نو.

مختاری صفر یک را افتاد ستاد کُل من صفر یک را افتادم توپخانه اصفهان دیوار به دیوار دانشگاه. یک شب‌بخواب. نگهبان بودیم.

لیسانسیم نیومدیم یگان پاسدار!

بشین پاشو

نیم ساعت بشین پاشو داد. روز اول صفر یک بشین پاشو همه را انداخته بود. حالا همه فِرز سرحال.

لاغر شدی؟

آره بخدا.

هوا گرم بود. نگهبانی بالای برجک، اصفهان. گاهی پاس می‌افتاد دیوار به دیوار دانشگاه. برج کبوتر دانشکده زبان پیدا بود. علی‌گورزی می‌آمد پشت نرده‌ها. گپ می‌زدیم. چیزی می‌خوردیم.

چند بُکسه اینا؟

بهمن قرمز بهمن دول. باکس سیگار را از لای نرده‌ها می‌داد. قایم می‌کردم زیر برگ‌های خشک تا آخر پاس. می‌فروختم دوبرابر.

روزها داخل برجک شبها پای برجک. برجک سه‌راه حکیم‌نظامی رو به همبرگری آپادانا بود. علی‌گورزی می‌آمد با همبرگر.

امشب سه‌راه افتادم.

چی می‌خوای؟

بهمن دول یه بُکس!

سیگار را می‌دادم به رحمان. چهارشانه بود. بدنساز. آسایشگاه توپخانه بزرگ بود. چهل تخت راست. چهل تخت چپ. دو طبقه. رحمان پایین بود من بالا .

آشنا دارم.

بیار پس.

رفتم خوابگاه. در بدر دنبال بچه‌ها.

به‌به سرباز وظیفه!

علی‌گورزی نمی‌دونی کدوم اتاقه؟

خوابگاه فهمیده افتاده.

بوس و بغل. قرار و مدار!

دختره چی شد؟

کدوم؟

همون با هم بودید!

کدوم؟

زبان می‌خوند

زدیم به هم!

رحمان سیگارها را می‌گرفت تخس می‌کرد بین بچه‌ها. می‌رفتند پشت یگان. برهوت. دود می‌کردند.

گرون می‌دی!

همینه قیمت!

دو برابر!؟

همینه قیمت!

حواسم بود پاسبخش مچم را نگیرد. گورزی هم حواسش بود.

نوشابه زرد بگیر برا من از این دفعه!

سیگار را خودم از پشت مسجد شاه می‌خریدم. می‌بردم فهمیده.

هر دو روز یه زنگت می‌زنم بهت می‌گم کجا.

اینجا نشستی!

دعوا شد!

کی؟

خاری از این میثاق گاییدم

ای ول!

دست کرد جیب پیراهن.

بریم اینو بزنیم!

این چیه؟

رحمان سیگاری را بار زده بود. سرش را پیچانده بود گذاشته بود جیب جلوی خاکی .

پنیره!

نیستم حاجی!

چند بُکسه اینا؟

سه .

رفتم داخل، بکس‌ها را گذاشتم کمد قفل کردم برگشتم.

از کجا آوردی اینو؟!

آوردم!

دختر ارمنی

رفتیم ته پادگان. دیوار قبرستان ارمنی‌ها. از بالای دیوار سرک کشیدم. سوت و کور. صلیب‌های سفید صلیب‌های سیاه. خاکستری. گل‌های خشکیده. درخت کاج. گاهی پیرزنی پیرمردی. دختر زیبایی.

دختره نیومد دیگه!

میاد.

فندک را گرفت زیر پنیر. بو بلند شد. کام گرفت. محکم. افتاد به سرفه. سیگاری را گرفت سمتم نیستم حاجی!

گه نخور!

کام گرفتم. کام گرفت. گوزِ گوز. افتادیم پشت به پشت مُرده‌ها. خسته بودم. چهار شیفت نگهبانی. چهار شیفت آماده. چهار شیفت با پوتین. دستم را کردم داخل جوی آب.

از صفه میاد؟

کی؟

رحمان افتاد. من افتادم. خنده بند نمی‌آمد. ریسه.

موها را کوتاه کرد. بغل‌ها و پشت مرتب. آینه گرفت.

می‌شوری؟

دمتم گرمه.

رباب خانم ایستاده بود پای شیرِ حیاط ظرف می‌شست. سلام کردم. رفتم سمت راهرو.

آقا مزدک!

بله؟!

کجا بودی؟

خودم را زدم به تعجب چطور!!؟

یه دختره اومده بود اینجا می‌گفت با تو کار داره

با من؟!

کجا بودی؟

کرج

کی رفتی؟

دیروز ظهر.

ظرف‌ها را آب کشید.

رفتم بالا. پرستو کتلت آورده بود با سوپ. مانده بودند روی کابینت. بو کردم. پیاز پوست گرفتم. نان داغ کردم. در زدند.

شما دیروز خونه نبودی؟

گفتم که کرج بودم که!

اینجا خانواده زندگی میکنه آقامزدک!

عصر رفتم باباییان. پرستو نشسته بود پشت گِردی. ارام کوبیدم به در فلزی. در پیش بود. کله را بردم داخل. نگاهم کرد.

دختر ارمنی

نامرد!

ظرف‌ها را گذاشتم جلوی پایش. در را پیش کردم دوباره. رفتم انتهای پارک نشستم.

صبح آفتاب نزده دستی را داد پایین. ناهار رسیدیم همدان. پارک بزرگی بود. اتوبوس ایستاد زیر سایه. همه هجوم بردیم سمت توالت. ناهار روز اول با خودمان بود. دخترها الویه درست کرده بودند.

به‌به.

به‌به.

سارا رفت سمت دکه.

نوشابه چه رنگی؟

نگار گفت زرد.

مشکی.

میام باهات!

با سمانه رفتیم دکه. سارا مشکی خرید.

دوتا زرد تو چی می‌خوری؟

منم زرد

سه‌تا زرد یه مشکی.

سارا باقی پول را گرفت رفت.

تخمه نگیریم؟

پاستیل بگیریم.

علی‌خان ایستاده بود بالای سر نگار یه‌خورده مجزا می‌شِستید.

روزبه خندیده بود بفرمایید الویه.

علی‌خان سق زد. رفت.

چی می‌گفت؟

مجزا بشینیم!

اومده بود برا الویه بابا.

همه خندیدیم.

مسافرین محترم تهران جانمونی.

کیف را دادم دست سارا.

مرسی!

رفتم سلسبیل. رفت عباس‌آباد.

ریل‌ها را چیدند. تراز کردند. شاریو را گذاشتند روی ریل. کله‌گی را بستند.

پیچ؟

دستیار گشته بود دنبال پیچ.

فیلمبردار گشته بود دنبال پیچ.

روزبه گشته بود دنبال پیچ.

نگرفتی ازش؟

همینا رو داد.

جمع کنیم؟

نمیشه بذاری رو شونه هُلت بدیم؟

هل دادند. چلاندم.

خوب شد؟

نوار را زدند عقب. نوارهای مینی دی‌وی.

یه بار دیگه بگیریم.

روزبه رفت سمت صندلی‌ها.

دیالوگ رو عوض نکن. می‌گیریم.

دی‌وی را زدند جلو بگیریم یکی دیگه.

شاریو را کشیدند عقب *صدا* دوربین حرکت

راننده مینی‌بوس پیچی آورده بود. گرفته بود دستش رفته بود جلوی دوربین.

اونجا چی کار داری شما؟

پیچ!

جا زدند. پیچاندند.

حرکت!

کیوان رفته بود شانه و کیک و پاکن و تراش و سوت و نوشابه و آدامس و توت خشک خریده بود. کاغذی از دفترش کَند. تکه کرد. نوشت کیک نوشت آدامس نوشت پوچ نوشت پوچ نوشت پوچ نوشت پوچ. چیزها را ریخته بود داخل آکواریوم. کاغذها را ریخته بود کاسه.

نوشابه که پنج تومنه!

شانسیِه!

دو تومن را اول می‌گرفت. دست می‌کردند کاسه.

پوچ.

پوچ.

پوچ.

آدامس.

پوچ.

باز کن ببینیم نوشابه نوشتی اصلا؟

بچه‌ها کیوان را دُوره کردند. کیوان زیر بار نرفت.

مسعود با لگد زد به آکواریوم. حیمد کاسه را بُرد. کیوان دوید سمتش. از پشت کاسه را چنگ زد. مسعود خم شد گرفتش توی شکم. کیوان فشار داد کشید زیر پاش. کاسه را گرفت دوید. کسی به کیوان نمی‌رسید.

پشمک پشمک شیرین.

پشمکی!

دست‌ها چایی آورد. عطر باهار نارنج پیچید.

چی‌کار داشتی به سوییچ؟

چی‌کار داشتی به تک چرخ؟

شهناز سوییچ را برده بود گذاشته بود جیب پیراهن باباجان. رزها را از روی کاپوت یشمی برداشته بودند. روبان‌ها را کَنده بودند. وحیده رفته بود خانه پدرش.

خونه‌ی بابام!

سارا دراز کشیده بود. دور نبود از ما. بالابلند بود و لاغر. طوری نشستم که راحت ببینمش. سمانه که سرش پایین بود دید می‌زدم.

حکم دل.

آس دل را انداخت. بعد شاه. بعد دولو.

خوراسگونی بازی نکن!

تایر را جا زدند. باد کردند. جک کمی آمد پایین. شاگرد می‌رفت بالای آچار. محکم پا می‌کوبید. پیچ‌ها می چرخید.

سارا بلند شد نشست. نگاهم کرد. لبخند زد.

علی خان گفت بچه‌ها سوار شن.

آزاد چطوره؟

بد نیست دستت درد نکنه!

آزاد را کیوان سفارش کرد. می‌رفتم قصه ناصرالدین‌شاه می‌گفتم.

چیکار داری تهران. برگرد همین برقان. زن بگیر اینجا برو درس بده.

می‌آمدم برقان. شبنم را می‌گرفتم. با محمودخان با آبی که می‌رقصید.

مادرم نمیاد

چیکار داره تهران؟

هیچی

تاکی برقانی؟

می ریم فردا پس‌فردا!

چرا انقد زود؟

شهناز می‌گه بریم.

شهناز خانه‌ی مستوفی را دوست داشت. رو به پارک ساعی. پله‌ها. گربه‌ها.

بیا اینجا پروژه بگیر.

پروژه‌ی چی؟

تو چیکار داری!

معاون شده بود. معاون فرماندار برقان.

کتاب رو میارم برا چاپش کمک می‌کنید؟

بشرطی که اون چند جا رو درست کنی.

ننوشتم قبر دوم امامزاده. ننوشتم مغازه‌های شاپور. سانسور. جلد گالینگور. سرمه‌ای. تاریخ برقان. مزدک مختاری‌برقانی.

آیدا رفت. پرستو رفت. سمانه رفت. سارا رفت

رفتم انتهای پارک باباییان. نشستم توی تاریکی. نشستم توی تاریکی. نشستم توی تاریکی. چراغ‌ها خاموش شد. پرستو از باجه فروش بلیط آمد بیرون. همیشه می‌آمد انتهای پارک باباییان سیگار می‌کشید. مقنعه را از جلو می‌برد پشت سر. دودها را می‌داد بیرون. نشسته بودم توی تاریکی. ترسید. جیغ زد. ایستادم روبه‌روش.

ببخشید.

خیلی نامردی!

ببخشید.

میومدی بیرون چی میشد مگه!

ببخشید.

سیگارش را گیراند. دودها را داد بیرون. خاموش کرد. رفت. پرستو رفت.

نگار گفت *من نفهمیدم شما چرا زدید به هم!*

سمانه چیزی نگفته بود .

روزبه می‌گه به نگار نگی یه وقت.

سمانه نگاهم کرد *خجالت بکشید*. سمانه رفت.

پسر و دختر بازیگر را گذاشته بود روی دیوار قصرِ ویرانِ ورزنه.

نریزه دیوار!

دوربین را گذاشته بودند زیر دیوار. رو به بالا. پاهای آویزانشان فوکوس بود سرهاشان فلو. رو به هم.

چلاندم.

دیالوگ‌ها رو عاشقانه‌تر بگو!

برا چی برده اون بالا اینارو؟

"من همه تقصیرها رو گردن می‌گیرم"

دیوار رُمبید. دختر جیغ کشید. کسی گفت *آخ*. روزبه نزدیک دوربین ایستاده بود. بالا را نگاه می‌کرد. دیوار که رُمبید روزبه خودش را پرت کرد آنطرف.

دیوار!

دختر ارمنی

پسر و دختر و دیوار افتادند روی فیلمبردار.

دوربین شکست. کتف فیلمبردار شکست. رساندیمش ورزنه. آمبولانس. ما سوار مینی‌بوس شدیم برگشتیم اصفهان. پای دختر ورم کرده بود. دست پسر خراشیده بود.

خدا رحم‌کرد.

چلاندم!

از چی می‌گیری؟

نور از سقف مینی‌بوس افتاده بود روی صورت روزبه. غمگین جاده را نگاه می‌کرد. چلاندم. روزبه رفت.

افتاده بودیم زمین ریسه می‌رفتیم. خاموش شده بود. از نو آتش کرد.

من نیستم حاجی!

دود را کشید تو. نگه داشت. پاهایم سِر شده بود. دست کردم داخل جوی آب. خنک بود. زدم به صورتم.

از کجا میاد؟

خندیدم. خندید. دود را داد بیرون.

از اون‌ور!

افتاد روی خاک‌ها. ریسه می‌رفت.

بده یه دوتا کام بگیریم!

دود را دادم تو. نگه داشتم. دادم بیرون. چشم‌ها را بستم. پرواز کردم.

کاش خودمون می‌موندیم یه چند شب دیگه!

علی‌خان با مدیر هتل صحبت کرد. ماندیم زریوار.

روزها می‌رفتیم بازار. شب‌ها ویسکی، ماهی زریوار.

بمونیم همینجا کلا!

خندیدیم.

چرا اینجا پلیس نداره؟

ندیدم منم!

سمانه گفت من مادر خرج.

گفتیم باشه.

دُنگ هر نفر را حساب کرد .

نفری شد سی و پنج هزار تومن!

زیاد شد!

تو مهمون من!

سمانه اغلب حساب می‌کرد. گاهی برای خانه کرایه هم می‌داد. خانه رهن بود. می‌ماند برای خرجی.

منم هستم خب!

دختر ارمنی

نمیشه که!

چرا؟

این رفیقتونم ضرر گذاشت رو دست اینجا!

خبر ندارم ازش.

روزبه با نگار بههم زد. انصراف داد. برگشت بندر.

خبر ندارم ازش.

فردا بیا این مراسم رو عکس بگیر.

چشم!

فاکتور را دادم دکتر کسروی امضا کرد.

چرا نمیری سربازی؟

معافی میگیرم.

میدن بهت؟

دنبالشیم با محمودخان.

یکسال دنبال معافی رفتم آمدم. رفتم آمدم. رفتم آمدم. نشد. میخواندم برای ارشد. گاهی آیدا میآمد. با شهناز عیاق بودند.

میخونی؟

میخونم!

نمی‌ری عکاسی؟

نه!

شهناز گفت از وقتی از اصفهان اومده هیچ کاری نکرده.

خب داره برا ارشد می‌خونه.

اسفند ارشد را دادم. اردیبهشت رفتم صفریک.

کمیته انضباطی پرسید چرا با اردو برنگشتی اصفهان؟

رفتم تهران.

می‌یومدی از اصفهان می‌رفتی.

تذکر انضباطی با درج در پرونده.

سمانه رفت. نگار رفت. روزبه رفت. تاریخ تمام شد برگشتم تهران. وسایل را بردم جامی فروختم. پیاده رفتم تا صفه. برگشتم تهران.

چشم‌ها را بستم. پرواز کرده بودم. دختر ارمنی آنجا بود. درست همان‌جا با گل‌های قرمز. بالای سرش پرواز می‌کردم. بالا بلند بود و زیبا.

کاوه اویسی

زمستان ۹۸ پاییز ۱۴۰۰

ویرایش نهایی زمستان ۱۴۰۲

لیست اسامی اشخاص رمان

شهناز مادر مزدک

مانی برادر بزرگ مزدک

شیوا خواهر مزدک

آیدا و شهرام بچه‌های عمه ریحانه و مهندس

پریسا و شبنم دختران عمه رعنا و محمودخان

سامان و ساسان پسران خان‌دایی

تینا و سینا بچه‌های دایی حامد؛تینا از وحیده و سینا از نسترن

رامتین پسر محمودآقا و خاله شهلا

شهین خاله مجرد مزدک

کیوان و ابراهیم و حمید و مسعود و حامد دوستان برقانی

رمضان‌زاده برخورداری مرنجانی دوستان تهران

ناصر و گورزی و همت و غلام دوستان دانشگاه

رحمن دوست سربازی

بیوگرافی

کاوه اویسی دانش‌آموخته‌ی ادبیات نمایشی، کار نویسندگی خود را از سال ۷۷ با نوشتن داستان کوتاه «آرش» که برگزیده جشنواره داستان دانشجویان اصفهان شد آغاز کرد و در ادامه با ساختن فیلم کوتاه و بازی در تئاتر کار خود را ادامه داد. او در سال‌های میانی دهه‌ی هشتاد هنرجوی کارگاه‌های فیلمسازی عباس کیارستمی بود و توانست چند فیلم کوتاه بسازد و بازی کند. مجموعه داستان کوتاهی شامل ده داستان از اوایل تا میانه‌ی دهه‌ی نود نوشته که هنوز منتشر نشده است. فیلم بلند «پاریس تهران» را سال ۲۰۱۷ ساخت. چند فیلمنامه‌ی بلند و نمایشنامه‌ی دیگر هم در انتهای دهه‌ی نود نوشته است که هنوز فضایی برای ارائه و ساخته شدن آن‌ها فراهم نبوده است. رمان «فیل‌ها به جلگه رسیدند» اولین رمان اوست که توسط نشر آسمانا منتشر شده است.

آسمانا

انتشارات آسمانا (تورنتو) منتشر کرده است:

پژوهش‌های علمی و دانشگاهی

- حافظ و بازگویی، تالیف رضا فرخفال، ۲۰۲۴
- زنان کُرد در بطن تضاد تاریخی فمینیسم و ناسیونالیسم، تالیف شهرزاد مجاب، ۲۰۲۳
- شورش دهقانان مکریان ۱۳۳۲ ـ ۱۳۳۱: اسناد کنسولگری، مکاتبات دیپلماتیک و گزارش روزنامه‌ها، پژوهش امیر حسن‌پور، ۲۰۲۲

تصحیح انتقادی

- رستم در قرن بیست‌ودوم (تصحیح انتقادی و مصور)، تالیف عبدالحسین صنعتی‌زاده (ویرایش م. گنجوی و م. منصوری)، ۲۰۱۷

شعر

- آینه را بشکن، شعر از نانائو ساکاکی، ترجمه مهدی گنجوی، ۲۰۲۴
- عجایب یاد، شعر از امیر حکیمی، ۲۰۲۳
- کهکشان خاطره‌ای از غروب خورشید ندارد، شعر از مهدی گنجوی، ۲۰۲۳
- غریبه‌هایی که در من زندگی می‌کنند، شعر از مهدی گنجوی، ۲۰۲۱
- تبعیدی راکی، شعر از علی فتح‌اللهی، ۲۰۱۸

داستان

- مقامات متن، رمانِ مرضیه ستوده، ۲۰۲۴
- انتظار خواب از یک آدم نامعقول، مجموعه داستان از مهدی گنجوی، ۲۰۲۰

برای ارتباط با نشر آسمانا:

Asemanabooks@gmail.com

Asemanabooks.ca

The Elephants Reached the Plain

Kaveh Oveisi

Asemana Books

2024

----------------------------------Asemana Books-----------------------------